Profil BAC
ŒUVRE & PARCOURS

1re générale & techno
BAC FRANÇAIS

W0221603

Abbé Prévost

MANON LESCAUT

Personnages en marge et plaisirs du romanesque

Sophie Saulnier
Professeure agrégée de lettres modernes

© Hatier, Paris 2022 - ISBN 978-2-401-08634-0

Hatier

SOMMAIRE

4 Répondre à des questions de **grammaire**

5 Analyser le thème du **parcours** : « Personnages en marge, plaisirs du romanesque »

6 Traiter des sujets de **dissertation**

Édition : Claire Dupuis
Correction : Danièle Bouilly
Iconographie : Hatier illustration
Conception de la maquette : Frédéric Jély
Mise en page : APS-ie

La fiche *Profil*

L'Histoire du chevalier Des Grieux et de Manon Lescaut, publiée en 1731, fait partie des Mémoires et aventures d'un homme de qualité, qui s'est retiré du monde (rédigés par l'abbé Prévost de 1728 à 1731). On suit, dans ce récit à visée morale, les aventures peu morales d'un jeune couple à la vie amoureuse riche en péripéties.

Sur cette gravure, le chevalier Des Grieux rencontre la belle Manon pour la première fois. Il semble la présenter à son ami Tiberge. Cette rencontre est l'événement qui lance l'« histoire ».

I Les personnages principaux

1 Un couple étonnant

- Le chevalier Des Grieux est un jeune aristocrate destiné à être chevalier de Malte. Avant de rencontrer Manon, il est inexpérimenté en amour et un modèle de vertu.
- Manon Lescaut est une très jeune fille que ses parents veulent faire entrer au couvent pour arrêter « son penchant au plaisir ».
- Leur rencontre, fruit du hasard, change le destin du chevalier qui se met en marge de la bonne société et est conduit, par amour pour Manon, à des actions de plus en plus condamnables.

2 Le personnage principal : Des Grieux ou Manon ?

- L'abbé Prévost consacre son « Avis de l'auteur » au personnage de Des Grieux dont il veut peindre le « caractère ambigu, un mélange de vertus et de vices ». Il en fait ainsi le centre du récit.
- Manon, dont on sait peu de choses, ne serait-elle alors qu'un outil narratif ?
- C'est pourtant Manon qui séduit le lecteur et qui fait tout le charme du roman.

CITATION

« Pourquoi Manon Lescaut, dès la première scène,
Est-elle si vivante et si vraiment humaine,
Qu'il semble qu'on l'a vue et que c'est un portrait ? »

Musset, « Namouna » (1832).

3 Un personnage mystérieux : qui est Manon ?

Le mystère de Manon est à la mesure des interrogations de Des Grieux à son sujet.

- Manon ne cherche-t-elle que l'argent et se joue-t-elle du chevalier ?
- Son amour pour Des Grieux est-il sincère ?

II La construction du roman

1) Un récit enchâssé

- Au début du récit, « l'homme de qualité », Renoncour, raconte comment il a rencontré Des Grieux et lui a demandé le récit de ses aventures.
- Des Grieux devient alors le narrateur de sa propre histoire. Renoncour ne reprendra la parole que très brièvement en fin de première partie.

2) Un récit structuré par la prise de parole

Cette prise de parole de Des Grieux est fondamentale sur deux plans.

- On ne connaît Manon que par le regard et le point de vue du chevalier.
- Le récit rétrospectif mêle la narration chronologique des événements et les commentaires du narrateur, qui ne peut s'empêcher de se justifier, maintenant ainsi l'intérêt du lecteur.

III Le genre de *Manon Lescaut*

1) Récit autobiographique ou roman-mémoires ?

- Certains critiques ont voulu trouver dans le roman des éléments biographiques de la vie aventureuse de Prévost.
- Mais cette lecture manque l'aspect romanesque de ce récit d'« aventures de fortune et d'amour » (« Avis de l'auteur »). *Manon Lescaut* appartient au genre du roman-mémoires, à la mode au XVIIIe siècle.

MOT-CLÉ
On appelle **mémoires** le récit à la 1re personne d'événements vécus ou observés par le narrateur. Le **roman-mémoires** suit le même modèle, mais tout y est fictif.

2) Roman moraliste ou roman libertin ?

- Prévost veut amuser et instruire son lecteur pour répondre de « cette bizarrerie du cœur humain, qui lui fait goûter des idées de bien et de perfection, dont il s'éloigne dans la pratique » (« Avis de l'auteur »).
- Des Grieux est donné comme un contre-exemple qui met en garde le lecteur et lui recommande de ne surtout pas tomber dans les travers du chevalier.
- À moins que la caution moraliste ne serve à masquer le plaisir de lire un roman libertin ?

3) Roman d'amour ou roman du réel ?

- Dans *Manon Lescaut*, il est question d'amour mais aussi d'argent, et plus encore de la relation de l'argent à l'amour, une thématique très prosaïque.
- On y rencontre des hommes de bonne famille entretenant de très jeunes filles. On apprend que les nobles gagnent souvent leur argent au jeu. *Manon Lescaut* est aussi un miroir de la société du XVIIIe siècle.

Le résumé de l'œuvre

Un jeune aristocrate tombe passionnément amoureux d'une jeune inconnue. Il abandonne tout pour elle, mais, désargenté, ne peut lui offrir la vie de plaisirs qu'elle désire. Volage, elle va chercher ailleurs la bonne fortune. Il la suit dans des aventures qui les mèneront sucessivement en prison, en Amérique et à une fin tragique.

Texte liminaire

Avis de l'auteur des *Mémoires d'un homme de qualité*

- L'auteur annonce que l'ouvrage est une partie autonome des *Mémoires*. Il expose le caractère contradictoire du chevalier Des Grieux et affirme la visée morale de l'ouvrage : instruire et plaire.

Première partie

Les deux rencontres de Renoncour et Des Grieux

- Renoncour croise un convoi de prostituées en route pour la déportation en Amérique. Il donne six louis d'or pour aider un jeune homme épris de l'une d'elles.
- Deux ans plus tard, Renoncour croise à nouveau le jeune homme, qui lui raconte son histoire.

Coup de foudre et double trahison

La rencontre amoureuse et la fuite

- Le jeune et vertueux Des Grieux a terminé ses études de philosophie et doit retourner chez son père. En promenade avec son ami Tiberge, il rencontre une très jeune femme en route pour le couvent : c'est le coup de foudre, qui semble réciproque. Malgré l'opposition de Tiberge, ils s'enfuient, avec cent cinquante écus en poche.

Bonheur et trahison

- Après trois semaines de bonheur, Des Grieux propose le mariage à Manon, qui refuse. Les fonds vont bientôt s'épuiser. Des Grieux découvre que Manon reçoit en cachette un riche voisin, M. de B... Peu après, trois hommes frappent à la porte : ce sont les laquais du père du chevalier.

■ Ramené chez son père, Des Grieux apprend la double trahison de Manon : après douze jours de fidélité, elle a noué une relation avec M. de B... Celui-ci, en accord avec elle, a alerté le père de Des Grieux de la situation de son fils.

Du désespoir à la reprise des études

■ Des Grieux, désespéré, se remet aux études. Il reçoit une visite de Tiberge, qui le convainc de renoncer aux plaisirs et de devenir ecclésiastique.

Du séminaire à la prison

Une nouvelle fuite

■ Des Grieux entre au séminaire et commence de brillantes études de théologie. Lors d'un exposé à la Sorbonne, Manon vient l'écouter à son insu. Émue, elle demande à le voir. Des Grieux s'enfuit du séminaire pour s'installer avec elle près de Paris, à Chaillot.

De bonnes intentions vite oubliées

■ Les deux héros sont à la tête de soixante mille francs, somme qui leur permettrait de subvenir à leurs besoins pendant dix ans. Mais le goût des plaisirs les entraîne à de folles dépenses, dont un pied-à-terre parisien. Lescaut, le frère de Manon, s'introduit dans leur vie et profite de leur argent.

L'incendie de Chaillot et la ruine

■ Alors qu'ils sont à Paris, ils apprennent l'incendie de la maison de Chaillot. C'est la ruine. Comment trouver de l'argent afin de ne pas perdre à nouveau Manon ? Lescaut propose à Des Grieux de prostituer Manon ou de se prostituer lui-même. Il refuse et sollicite Tiberge, qui lui donne quelque argent.

Une nouvelle morale : profiter de l'argent des riches

■ Mais il lui en faut plus : Lescaut fait entrer Des Grieux dans un groupe de joueurs. Il devient un fort bon tricheur, au grand désespoir de Tiberge, qui rompt toute relation avec lui.

Un autre malheur et sa conséquence : la deuxième trahison

■ Tout l'argent du jeu que Des Grieux conservait chez lui est volé par ses domestiques, ainsi que les vêtements, bijoux et objets de valeur. Convaincue par son frère de se vendre à M. de G... M..., un riche et « vieux voluptueux », Manon quitte Des Grieux en lui laissant une lettre dans laquelle elle dit l'adorer, mais que la nécessité l'oblige à partir pour le rendre « riche et heureux ».

Une rouerie qui se termine mal

■ Le frère et la sœur veulent installer Des Grieux dans la maison où Manon se fait entretenir en le faisant passer pour son jeune frère. Devant la réticence de Des Grieux, Manon propose de partir avec l'argent du vieil amant. Celui-ci retrouve leur trace et les fait emprisonner.

La prison de Saint-Lazare

■ Pour réduire son temps d'incarcération, Des Grieux joue le repenti. Mais il apprend que Manon est emprisonnée à l'Hôpital et n'a plus qu'une idée : sortir de prison et la faire évader.

Une double évasion et un assassinat

■ L'évasion de Des Grieux se déroule dans la violence (il tue un portier) ; celle de Manon nécessite l'aide d'un nouveau personnage, M. de T... , et d'un valet de l'Hôpital. Les deux amants tentent de se réfugier chez Lescaut, mais celui-ci est tué par un individu qu'il a escroqué. Des Grieux emmène Manon à Chaillot. Tiberge le convainc d'écrire à son père et lui prête de l'argent. M. de T... lui assure qu'il n'a rien à craindre de la police.

Seconde partie

Le goût de la comédie... et du malheur

Vie heureuse à Chaillot

■ La vie s'organise : Des Grieux va jouer à Paris, et Manon mène une vie calme. Au cours de ses promenades, elle croise un prince italien qui s'éprend d'elle ; Manon lui joue une petite comédie humiliante qui prouve son attachement à Des Grieux.

Une nouvelle rencontre : la troisième trahison

■ Le fils de M. G... M..., qui est aussi l'ami de M. de T..., vient à Chaillot et s'éprend de Manon. Manon, Des Grieux et M. de T... décident alors de duper le jeune G... M... : Manon acceptera sa proposition et, sitôt en possession de l'argent promis, rejoindra Des Grieux. Mais, à la place de Manon, arrive une demoiselle porteuse d'une lettre : convaincue par la générosité de G... M..., Manon offre la messagère comme lot de consolation à Des Grieux.

Une mauvaise idée qui conduit en prison

■ Grâce à l'aide de M. de T..., Des Grieux parvient à voir Manon. Les deux amants réconciliés s'apprêtent à repartir, mais M. de T... leur propose de se jouer de G... M... en le séquestrant, pendant que les deux amants passent la nuit chez lui et s'enfuient au matin avec les bijoux et l'argent. L'affaire tourne mal, et ils se retrouvent tous les deux en prison.

Libération de Des Grieux, mais rupture avec le père

- Grâce à l'intervention de son père et de M. de G... M..., Des Grieux est libéré, mais Manon est condamnée à être déportée au Nouvel-Orléans. Après avoir tenté en vain d'attendrir son père et M. de G... M... en faveur de Manon, il paye des hommes de main pour attaquer le convoi des prisonnières. Mais, à la première difficulté, ceux-ci l'abandonnent.

Déportation de Manon

- Son projet ayant échoué, Des Grieux se résout à suivre Manon en Amérique.

Une vertu mal récompensée (l'épisode américain)

La vie vertueuse

- Comme Des Grieux prétend qu'il est marié à Manon, le capitaine du vaisseau les traite correctement. C'est aussi le cas du gouverneur du Nouvel Orléans, qui procure un petit emploi à Des Grieux. Une vie simple et frugale leur permet de vivre pleinement leur amour et les entretient dans la vertu.

Une fausse bonne idée qui mène à la catastrophe

- Désirant se marier, ils révèlent au gouverneur qu'ils ne l'étaient pas. Manon redevient alors simple prisonnière, et le gouverneur l'attribue à son neveu Synnelet.

La mort de Manon

- Croyant avoir tué Synnelet en duel, Des Grieux s'enfuit avec Manon dans le désert, où elle meurt d'épuisement. Des Grieux l'ensevelit et attend la mort.
- On le retrouve inanimé. Synnelet n'a été que légèrement blessé. Des Grieux est jugé et gracié sur l'intervention de Synnelet.

Le retour en France

- Tiberge fait le voyage jusqu'au Nouvel Orléans et ramène Des Grieux en France. Celui-ci y apprend la mort de son père et s'apprête à retrouver son frère.

1 Découvrir le **contexte** de *Manon Lescaut*

1 Qui est l'abbé Prévost ?

L'abbé Prévost (de son nom de plume Prévost d'Exiles, en référence à ses nombreuses fuites à l'étranger) mène une vie tumultueuse faite d'allers et retours entre carrière ecclésiastique et multiples aventures. Sa vie et son œuvre d'écrivain sont intimement mêlées : sa vie nourrit son œuvre, et son œuvre transforme sa vie.

I Une vie d'aventures

1 1697-1721

■ Antoine François Prévost naît le 1er avril 1697 à Hesdin (Pas-de-Calais) dans une famille de la bourgeoisie essentiellement composée de prêtres et de magistrats. Il est marqué par la mort de sa mère et de sa sœur (en 1711) et entre rapidement en conflit avec son père.

■ Il fait de brillantes études chez les jésuites, puis est envoyé à Paris où il commence son noviciat, qu'il quitte une première fois en 1713 pour prendre part à la guerre d'Espagne. Il revient chez les jésuites en 1717, et repart pour l'armée en 1718-1719.

MOT-CLÉ
Le **noviciat** est la mise à l'épreuve de douze mois après laquelle le novice peut prononcer ses vœux pour devenir moine.

2 1721-1734

■ En 1721, il entre dans l'ordre des bénédictins et est ordonné prêtre en 1725. Mais, en 1728, ayant quitté le monastère sans autorisation et menacé par lettre de cachet (→ **mot-clé, p. 15**), il s'enfuit en Angleterre et embrasse la religion anglicane.

■ De 1728 à 1734, date à laquelle il réintègre l'Église, sa vie est faite d'exils (Angleterre, Hollande), de scandales, de liaisons et de dettes.

3 1734-1763

■ En 1736, il trouve un protecteur dans le prince de Conti dont il devient l'aumônier. Mais menacé d'emprisonnement, il part de nouveau en exil.

■ En 1742, il revient en France et y mène une vie plus paisible jusqu'à sa mort.

II Une vie d'écrivain

1 La volonté d'écrire

■ Dans son parcours de vie qui peut sembler chaotique, l'écriture reste une constante : Prévost se veut écrivain. Dès 1724, il publie un pamphlet contre le Régent, *Les Aventures de Pomponius*. Il écrira et cherchera toute sa vie à tirer un revenu de son activité littéraire, que ce soit comme romancier, journaliste ou traducteur.

2 Une œuvre dangereuse

■ Ce sont bien souvent ses écrits qui lui valent des problèmes avec les autorités et mettent sa vie en danger. Ainsi *Manon Lescaut*, écrit en 1731, est saisi et interdit pour son immoralité en 1733.

3 Le goût du romanesque

■ Écrivain prolixe, Prévost puise dans ses aventures les thèmes de ses romans, jouant de la frontière entre réalité et fiction, ainsi des *Mémoires et aventures d'un homme de qualité qui s'est retiré du monde.*

■ Les sept tomes du *Philosophe anglais ou Histoire de M. Cleveland, fils naturel de Cromwell* (1731-1739) plongent également le lecteur dans une suite d'aventures riches en rebondissements.

CITATION

« De sa vie, il fait donc un roman, et c'est ce que chaque lecteur a depuis toujours soupçonné. »
J. Sgard, *Confession publique et confession secrète chez Prévost*, (2012).

zoOm

Portrait de l'abbé Prévost

Ce portrait de Prévost d'Exilés concilie de manière amusante son état de prêtre (médaillon central) et ses autres activités. Encadrant le médaillon, en bas à gauche, un jeune soldat représente son passage à l'armée ; à droite, le lecteur rappelle ses études religieuses et le goût de la littérature. Les trois couples pourraient renvoyer à des épisodes de *Manon Lescaut*.

Portrait de l'abbé Prévost (1839), dessiné par Edouard Wattier et gravé par A. Best et Leloir.

2 Quel est le contexte historique ?

Dans la première moitié du XVIIIe siècle, la France, toujours sous l'emprise de la monarchie absolue, est gouvernée par une aristocratie autoritaire qui s'adonne aux fêtes et aux plaisirs, voire au libertinage.

I De Louis XIV à Louis XV

1 La fin du règne de Louis XIV et la Régence (1715-1723)

- Louis XIV meurt en 1715 après soixante-douze ans de règne. Commencé dans le faste, son règne finit dans une atmosphère sombre, empreinte de bigoterie. Il laisse le pays dans une grande misère : les caisses de l'État sont vides et le pays très endetté. Le peuple est épuisé par les famines et les nombreuses guerres du règne.
- À la mort de Louis XIV, son arrière-petit-fils (seul héritier du trône) – le futur Louis XV – n'a que cinq ans. Philippe d'Orléans, neveu de Louis XIV, est nommé régent en attendant la majorité du dauphin.
- Pendant la Régence, la cour retrouve fêtes et fastes, et s'ouvre davantage aux idées nouvelles. Le libertinage de mœurs gagne la noblesse et la haute bourgeoisie.

MOT-CLÉ
On distingue **libertinage d'idées** (mise en question de la religion ou des valeurs sur lesquelles repose la société) et **libertinage de mœurs** (qui concerne la vie amoureuse et sexuelle).

2 Le règne de Louis XV (1723-1774)

- Louis XV s'intéresse peu à la politique. La France connaît deux périodes de guerre : la guerre de Succession d'Autriche oppose les États européens. La guerre de Sept Ans se solde par la perte d'une grande partie des colonies françaises.
- Fêtes et libertinage restent en vogue. La marquise de Pompadour, maîtresse du roi, a une forte influence sur les affaires de l'État.

II Des revenus et des modes de vie très contrastés

1 Hautes et basses classes

- Pour préserver l'intégrité du patrimoine, le fils aîné est le seul héritier ; les autres enfants, s'ils ne peuvent être dotés, embrassent la carrière ecclésiastique ou militaire pour s'assurer un revenu et une place dans la société.
- Travail et noblesse ne vont pas de pair. Les nobles tirent leur argent de leurs terres ou de privilèges accordés par le roi. Ils doivent dépenser beaucoup pour garder leur rang à la cour, entretenir un équipage, tenir table ouverte, etc.
- Les domestiques, manœuvres et journaliers sont payés environ 100 livres par an, à peine de quoi survivre. Le revenu du travail ne dépasse pas 290 livres par an.

2 Une justice de classe ?

■ Les lettres de cachet sont fréquentes, et la justice est souvent arbitraire : on ne réserve pas le même sort aux délinquants, selon la classe dont ils sont issus.

■ Ainsi la Bastille est destinée aux prisonniers de haut rang et la prison de Saint-Lazare accueille les fils de famille qui ont commis quelques écarts. La prison de l'Hôpital enferme les prostituées et tous les miséreux.

MOT-CLÉ
La **lettre de cachet** est une lettre fermée par le cachet royal, rédigée à l'initiative du roi, de la police ou de la famille, qui contient un ordre d'exil, d'incarcération ou d'internement.

■ Pour peupler la Nouvelle France (Canada), Louis XIV envoie 770 femmes afin de les marier aux colons. Elles sont volontaires et dotées de 50 livres pour faciliter leur mariage. Au début du XVIIIe siècle, deux cents prostituées, emprisonnées à l'Hôpital, sont déportées en Louisiane.

zoOm

Valeur de l'argent et revenus au début du XVIIIe siècle

Les monnaies en cours
- **le denier** (plus petite unité monétaire)
- **le sou** ou **sol** = 12 deniers
- **la livre (£)** = 20 sous
- **l'écu** d'argent (3 £) ou d'or (gros écu de 6 £)
- **la pistole** (monnaie espagnole) = environ 10 £
- **le louis** d'or = 24 £

Pour obtenir l'équivalence en euros, il faut d'abord convertir les sommes en livres, puis appliquer le cours de la livre : 1 £ = 11 € environ.

Revenu annuel
- **de 100 £ à 300 £** ↦ un serviteur
- **de 1 000 £ à 3 000 £** ↦ un homme destiné à une profession intellectuelle (comme Des Grieux)
- **de 40 000 £ à 100 000 £** ↦ un fermier général (comme M. de B…)

3 Quel est le contexte culturel ?

Même si, au XVIIIe siècle, la censure reste présente, le monde de la culture est en effervescence. Les idées nouvelles se propagent et s'expriment dans des formes artistiques en rupture avec celles du siècle précédent.

I Une plus grande liberté de pensée

1 L'idéal des Lumières

- Les idées des Lumières émergent en France dès la fin du XVIIe siècle et se développent au XVIIIe siècle. La figure du philosophe, en même temps homme de raison et de sensibilité y est centrale.
- Les philosophes des Lumières se réclament d'un nouvel humanisme qui n'a pas besoin de la religion pour expliquer le monde. Ils prônent la Raison et luttent contre tous les obscurantismes.
- L'*Encyclopédie* de Diderot et d'Alembert donne accès à la connaissance raisonnée du monde et s'ouvre à toutes les disciplines, scientifiques, techniques, littéraires ou artistiques.

À NOTER
L'Encyclopédie (en 26 volumes) est publiée de 1751 à 1765. Le projet est censuré en 1752, par le roi sous l'influence des jésuites, et en 1759, lors de sa condamnation par le pape Clément XIII.

2 La circulation des idées

- Les salons littéraires de Mme Geoffrin (→ **zoom, page suivante**), de Mme de Tencin ou du baron d'Holbach, par exemple, permettent aux écrivains, savants et artistes, de débattre et de diffuser leurs idées.
- La littérature d'idées se développe – avec Voltaire, Rousseau, Montesquieu, Diderot – dans de nombreux domaines : politique, économique, social, judiciaire, clérical.

3 Peinture, musique, théâtre

- Des peintres tels que Fragonard, Boucher, Watteau renouvellent la peinture historique, travaillent des scènes de genre, plus intimes, voire galantes.
- En 1733, le musicien Rameau entre à l'Académie de musique. Ses opéras-ballets, tragédies lyriques et traités d'harmonie marquent la scène musicale.
- Le théâtre est florissant. Les dramaturges Marivaux et Beaumarchais se démarquent du théâtre du XVIIe siècle : leurs comédies mettent ainsi en valeur la complexité des sentiments et des rapports humains.

II Vers le roman moderne

1 Une rupture avec les romans héroïques

- Au XVIIIe siècle, les lecteurs se lassent des longs romans héroïques qui narrent des histoires d'amour de bergers et de bergères dans des décors idéalisés.
- Certains romanciers abordent désormais des thématiques plus proches de la réalité des lecteurs. Mercier (*Tableau de Paris*, 1781) et Rétif de la Bretonne (*Les Nuits de Paris*, 1788) décrivent le monde des artisans, du petit peuple de Paris.
- Les romans associent réalisme social (conditions de vie, travail, argent) et parcours amoureux ; c'est le cas du court roman de l'abbé Prévost, *Manon Lescaut* (1731).

À NOTER
L'emploi du mot **réalisme** désigne ici la présence dans le roman d'une réalité proche du lecteur. Le mot ne doit pas être confondu avec le courant réaliste, ou réalisme, du XIXe siècle.

2 Les nouvelles formes du romanesque

- Diderot écrit des romans, du théâtre, et invente la critique d'art ; Rousseau écrit des essais, des romans, son autobiographie ; Voltaire écrit contes philosophiques, théâtre, lettres et dictionnaire philosophiques.
- Le roman-mémoires (→ **mot-clé, p. 6**), est en vogue. Le personnage principal raconte sa vie à la première personne, donnant une apparence de réalité à une histoire fictive (ex. : Marivaux, *La Vie de Marianne*, 1731).
- Le libertinage de mœurs (→ **mot-clé, p. 14**), s'exprime dans les romans libertins de la seconde moitié du siècle : *Le Sopha* (Crébillon fils, 1742) ; *Les Liaisons dangereuses* (Laclos, 1782 → **zoom, p. 27**).

zoOm

Les salons littéraires

De 1749 à 1777, Mme Geoffrin organise des salons où viennent artistes, écrivains, scientifiques, philosophes. On reconnaît Rousseau, d'Alembert, Diderot.

Gabriel Lemonnier, *Lecture d'une tragédie de Voltaire dans le salon de Mme Geoffrin en 1755* (1812).

MÉMO VISUEL

Le contexte historique est marqué par…

- le **retour des fêtes et des fastes** à la cour du Régent et de Louis XV
- la **misère du peuple** causée par les famines et les guerres
- la **perte d'une grande partie des colonies** après la guerre de Sept Ans

XVIIIe siècle

1715-1723 Régence

1723-1774 Règne de Louis XV

1710 – 1720 – 1730 – 1740 – 1750 – 1760 – 1770 – 1780

1715
Mort de Louis XIV

Manon

L'auteur : L'abbé Prévost…

- a fait ses études chez les jésuites
- alterne exils, aventures, scandales et retours au sein de l'Église
- est un écrivain prolixe

Le contexte culturel est marqué par…

- le **mouvement des Lumières** qui combat les obscurantismes
- la **circulation des idées**, grâce notamment aux salons littéraires
- de **nouvelles formes romanesques**, par exemple le roman mémoires

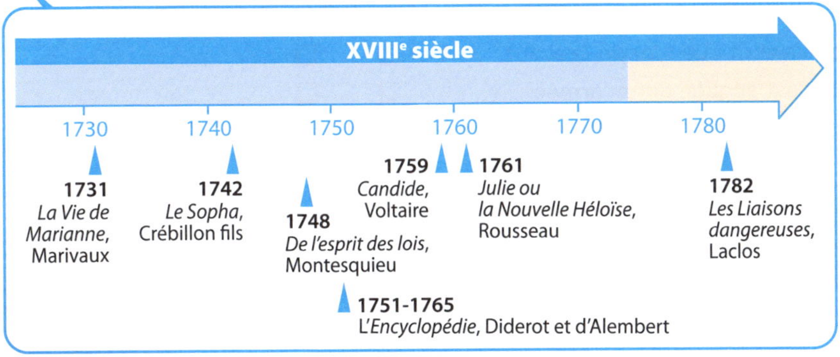

escaut

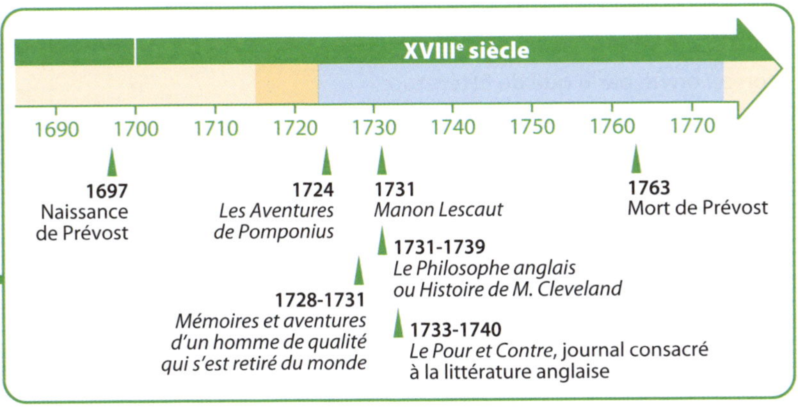

SE TESTER QUIZ

Vérifiez que vous avez bien compris les points-clés des **fiches 1 à 3**.

1 Qui est l'abbé Prévost ?

→ FICHE 1

1. La vie et l'œuvre de l'abbé Prévost sont :

- ❑ a. nettement différentes.
- ❑ b. intimement mêlées.
- ❑ c. totalement identiques.

2. L'abbé Prévost :

	Vrai	Faux
a. n'a écrit que *Manon Lescaut*.	❑	❑
b. s'est engagé dans l'armée.	❑	❑
c. n'a jamais connu l'exil.	❑	❑

2 Quel est le contexte historique ?

→ FICHE 2

Vrai ou faux ?

	Vrai	Faux
a. La Régence commence après la mort de Louis XV.	❑	❑
b. Le droit d'aînesse est aboli par Louis XV.	❑	❑
c. L'usage des lettres de cachet est alors fréquent.	❑	❑

3 Quel est le contexte culturel ?

→ FICHE 3

1. Le XVIIIe siècle est une période :

- ❑ a. d'effervescence culturelle.
- ❑ b. qui ne s'intéresse qu'à la philosophie.
- ❑ c. qui ne connaît plus de censure.

2. Un salon littéraire est :

- ❑ a. un salon où on ne parle que de littérature.
- ❑ b. un salon où on achète des livres.
- ❑ c. tenu aussi bien par des hommes que par des femmes.

S'ENTRAÎNER

4 Mener une recherche documentaire

1. 2. 3.

L'*Encyclopédie* de Diderot et d'Alembert est une des œuvres phares du siècle des Lumières. Pour en savoir plus, consultez les sources ci-dessous, prenez des notes puis rédigez une brève synthèse.

1. Le « Système figuré des connaissances humaines » publié dans le préambule de l'*Encyclopédie*
2. Le documentaire d'Arte *Diderot et l'Encyclopédie*
3. L'émission de France Inter « L'*Encyclopédie* de Diderot et d'Alembert »

CONSEIL
Dans ces trois sources, vous trouverez des informations qui se répètent : ce sont les éléments essentiels qu'il faut noter et à partir desquels vous rédigerez votre brève synthèse.

5 Enrichir sa culture artistique

Observez le tableau. Situez-le dans son contexte historique et demandez-vous ce que sa composition nous apprend sur l'époque.

Antoine Watteau, *Les Plaisirs du bal* (vers 1715).

1. Quelles sont les diverses activités des personnages ?
2. Les personnages ont-ils des attitudes plutôt guindées ou plutôt relâchées ?

CONSEIL
Allez sur le site de la BNF, pour agrandir des détails du tableau : cela vous aidera à répondre aux questions

CORRIGÉS

SE TESTER QUIZ

1 Qui est l'abbé Prévost ?

→ FICHE 1

1. Réponse b. La vie et l'œuvre de l'abbé Prévost sont intimement mêlées : ce qu'il vit nourrit son œuvre, et l'écriture est une de ses préoccupations principales.
2. a. Faux. Écrivain, journaliste et traducteur, Prévost n'est pas l'auteur d'un seul ouvrage. b. Vrai. Prévost s'est engagé dans l'armée deux fois. c. Faux. Il prend le nom de Prévost d'Exiles, en référence à ses nombreuses fuites à l'étranger.

2 Quel est le contexte historique ?

→ FICHE 2

a. Faux. Elle commence à la mort de Louis XIV. b. Faux. Le fils aîné reste le seul héritier. Le droit d'aînesse sera aboli en 1791. c. Vrai. Elles sont signées par le roi et surtout utilisées pour emprisonner une personne appartenant à la noblesse.

3 Quel est le contexte culturel ?

→ FICHE 3

1. Réponse a. Le XVIIIe siècle s'ouvre aux idées nouvelles, renouvelle les formes littéraires et artistiques malgré la censure toujours présente.
2. Réponse c. Le baron d'Holbach tient un salon littéraire au même titre que Mme de Tencin ou Mme Geoffrin. On y parle de philosophie, de sciences, de peinture, de théâtre…

À NOTER

Le **baron d'Holbach** (1723-1789), savant et philosophe, participe à la rédaction de l'*Encyclopédie*. Matérialiste et athée, il publie souvent ses écrits sous pseudonymes, pour échapper à la censure.

S'ENTRAÎNER

4 Mener une recherche documentaire

1. Arbre de la connaissance organise et relie sciences et savoirs : programme éditorial de l'*Encyclopédie*. • 2. Projet de 26 ans. Philosophie, arts et métiers. Origine sociale modeste de Diderot. Ouvrir les connaissances à tous. Protection de Mme de Pompadour, mais forte opposition du clergé : projet et livre dangereux. • 3. Modèle de l'encyclopédie anglaise. Rôle de d'Alembert, académicien des sciences. Diderot matérialiste, réflexion sur la relation entre matière et pensée. Importance des planches d'illustration. Lutte contre l'obscurantisme. Déjouer la censure.

5 Enrichir sa culture artistique

1. Un couple danse, des enfants jouent, des groupes discutent, un homme sert des boissons ; certains sont allongés par terre, d'autres sont sur des gradins. • 2. L'ambiance est détendue, nulle manifestation d'une autorité à laquelle il faudrait obéir.

ALLER PLUS LOIN

Jean Lepautre, *La Salle du bal donné dans le petit parc de Versailles* (1668).
Comparez les scènes de bal : la rigidité de l'une s'oppose à la désinvolture de l'autre.

2 Définir les principales **caractéristiques** du roman

Joseph Caraud, *L'abbé Prévost lisant* Manon Lescaut (1856).

4 La structure du roman

Manon Lescaut est composé de deux parties déterminées par les prises de parole des deux narrateurs plutôt que par une logique interne au récit.

I Un texte à tiroirs

1) Deux niveaux d'enchâssement

- *Manon Lescaut* s'insère dans les *Mémoires d'un homme de qualité,* vaste roman à tiroirs dans lequel le narrateur principal, le marquis de Renoncour, donne la parole à d'autres narrateurs. Dans son « Avis », l'auteur, l'abbé Prévost, annonce qu'il n'insère pas l'histoire de Des Grieux dans le fil des *Mémoires*, mais en fait une « addition » séparée.

- Pourtant, au début du roman, le narrateur donne des indications biographiques pour justifier sa rencontre avec le chevalier. La vraisemblance et la liaison avec l'ensemble sont donc assurées et le jeu d'enchâssement rendu visible à l'intérieur même de *Manon Lescaut.*

- Le narrateur 1 (le marquis de Renoncour) lance le récit sur environ quatre pages puis laisse la parole au chevalier Des Grieux, qui devient maître de son récit et narrateur 2.

MOT-CLÉ
Un **enchâssement** ou **texte à tiroirs** est un récit (appelé récit cadre) dans lequel s'insère un autre récit. Le système peut être démultiplié : un récit dans un récit dans un récit…

2) Une prise de parole structurante

- Lors du passage de parole, le narrateur 1 précise qu'il est le transcripteur neutre d'un récit oral qu'il écrit aussitôt entendu pour être le plus exact possible.

- La première partie s'achève lorsque le narrateur 1 propose une pause au narrateur 2 dont on apprend qu'il a parlé une heure. Cette partie se clôt donc pour garder la vraisemblance du caractère oral plutôt que par nécessité textuelle.

3) Une seconde partie assez brève et une fin ouverte

- La seconde partie, qui comprend le voyage en Amérique, est plus brève. C'est le chevalier, en maître de son récit, qui en écourte la fin, trop douloureuse :

> « Pardonnez, si j'achève en peu de mots un récit qui me tue. »

- La fin est doublement ouverte : la mort du père libère le fils des soucis d'argent, mais le lecteur ne sait pas ce qu'a décidé le frère aîné ; le narrateur 1 n'intervient pas pour clore l'enchâssement. Il ne délivre par conséquent ni morale ni commentaire sur le récit qu'il vient d'entendre.

II L'enchâssement et l'art du récit

1 Un récit rétrospectif

- Au contraire du narrateur 1, le narrateur 2 raconte son histoire bien après l'action : environ cinq ans après les faits (deux ans après la première rencontre avec Renoncour, date de la déportation).
- Le narrateur d'un récit rétrospectif en connaît la fin ; il peut jouer avec les prolepses pour tenir son auditeur en haleine.
- Le narrateur Des Grieux a eu le temps de réfléchir à ses actions, à ses motivations : son récit n'est pas neutre, le chevalier insère de nombreux commentaires et justifications.

MOT-CLÉ
Une **prolepse** évoque un événement du futur. Une **analepse** est un retour dans le passé, ou flash-back.

2 Un récit en boucle

- La structure est répétitive : le début du récit du narrateur 1 décrit Manon prisonnière. La scène est aussi décrite par Des Grieux dans la seconde partie. Il délivre Manon une première fois. La situation se répète avec la déportation, de manière inversée (Des Grieux ne parvient pas à la libérer).
- Malgré l'absence de suspens (dès le début, le lecteur apprend la déportation de Manon) et des aventures répétitives, le lecteur est pris par le récit.

zoOm
Le traitement du temps dans *Manon Lescaut*

1re partie du roman
Nombreuses indications de temps et de durée.

RÉCIT 1 Renoncour narrateur
- 1re rencontre avec Renoncour : fév. 1715
- 2e rencontre avec Renoncour : fin 1717

RÉCIT 2. Flashback. Des Grieux narrateur
- Rencontre de Manon: 28 juillet 1712
- 1 mois à Paris
- Maison paternelle: 29 août 1912 (1 an)
- Entrée à Saint-Sulpice : sept. 1713
- Retrouvailles avec Manon : sept. 1714
- Installation à Chaillot: 1 mois
- Entre Paris et Chaillot : env. 3 mois
- Prison de Saint-Lazare : env. 3 mois
- Retour à Chaillot : 1 jour

RÉCIT 1 Renoncour narrateur
- Fin 1717 : dîner Renoncour / Des Grieux

2e partie du roman
Rapport au temps plus flou, moins d'indications.

RÉCIT 2. Suite du flashback.
Des Grieux narrateur
- Chaillot : janvier 1715, plusieurs semaines
- Arrestation des amants
- Voyage en bateau : 2 mois
- Vie en Louisiane : 1716, 9 ou 10 mois
- Fuite des amants, mort de Manon : 2 jours
- Maladie : 3 mois
- Convalescence et arrivée de Tiberge : 6 semaines
- Attente du voyage de retour: 2 mois
- Rencontre de Renoncour à Calais : 15 jours après l'arrivée en France

La rencontre de Des Grieux avec Manon se situe dans les dernières années du règne de Louis XIV ; son retour de Louisiane, au début de la Régence. Entre les deux, environ cinq ans se sont écoulés.

5 Les deux personnages principaux

Les personnages de Des Grieux et de Manon doivent s'étudier l'un par rapport à l'autre, car c'est la complexité de leur relation qui fait l'intérêt du roman. Le couple qu'ils forment est à la fois attendrissant et surprenant.

I Un couple enfant

1 De l'inexpérience à l'expérience

- Au début du récit, le chevalier a **dix-sept ans** et Manon encore moins. L'un est inexpérimenté en amour, l'autre « bien plus expérimentée ». Ils imaginent l'avenir « comme des **enfants** sans expérience », sans anticiper les conséquences de leur fuite.

- Manon doit sa **liberté** à Des Grieux, Des Grieux lui doit sa découverte de l'**amour** et de la passion. Manon, qui vend ses charmes au besoin, découvre le véritable amour et la vertu, et le paie de sa vie. Des Grieux, par amour pour Manon, se met en marge de la société, tombe dans le vice puis revient à ses valeurs de vertu initiales, mais perd Manon.

2 Portrait de Des Grieux par lui-même et par l'auteur

- Au début du récit, Des Grieux se présente. Ses parents « sont d'une des meilleures maisons de P. ». Il est **estimé des honnêtes gens** grâce à sa naissance, sa physionomie aimable et son goût pour les études. Ses parents le destinent à l'ordre de Malte, l'évêque lui propose de devenir prêtre.

- Dans son « Avis », l'auteur le présente comme « un **jeune aveugle**, qui refuse d'être heureux, pour se précipiter volontairement dans les dernières infortunes ; qui, avec toutes les qualités dont se forme le plus brillant mérite, préfère, par choix, une vie obscure et vagabonde, à tous les avantages de la fortune et de la nature ».

> **MOT-CLÉ**
> L'**ordre de Malte** est un ordre religieux et militaire fondé en 1070 en Terre sainte.
> Les chevaliers de l'ordre de Malte étaient des moines-soldats.

3 Portrait de Manon par Des Grieux

- Des Grieux, **ne sait à peu près rien** de Manon ; nos seules informations portent donc sur son jeune âge, sa naissance « commune » et son goût pour le plaisir. Au cours du récit, lui vient un frère, un voyou qui trouve normal de la prostituer sa sœur; peut-être l'a-t-il fait par le passé.

- Elle est « charmante », « jolie », « aimable ». Elle est **la figure même de l'Amour** avec « ces yeux fins et languissants, ce port divin, ce teint de la composition de l'Amour, enfin ce fonds inépuisable de charmes que la nature avait prodigués à la perfide Manon ».

II Un couple surprenant

1) Entre tragédie et comédie

- Des Grieux représente le versant tragique du roman : divisé entre sa passion pour Manon et son devoir envers l'autorité paternelle et religieuse. Il évoque souvent la mort comme seule issue et le destin comme responsable de son sort. Il emploie un langage lyrique et soutenu.

- L'origine sociale de Manon, son langage parfois familier, sa légèreté, son goût pour l'organisation de saynètes comiques (le prince italien tourné en ridicule ou le jeu de tromperies envers M. de G... M...) font d'elle un personnage de comédie. Elle s'amuse.

MOT-CLÉ
L' **ironie tragique** désigne le moment où le héros, pour échapper à son destin, fait le choix qui le conduira justement là où le destin l'attend.

2) Manon, une énigme pour Des Grieux

- Contrairement au chevalier pris dans sa passion, Manon raisonne froidement : elle distingue et sait mener de front les affaires de cœur et les affaires d'argent.

- Des Grieux, en proie au doute et à la jalousie, a une certitude : Manon, dans son ingénuité, ne cherche pas à lui mentir. Mais sa manière d'aimer est irrecevable dans le monde dont il vient : l'accepter revient à s'exclure de ce monde.

zoOm

Un couple perfide

Les Liaisons dangereuses, film de Stephen Frears (1988), d'après le roman de Chanderlos de Laclos (1782).

Contrairement au couple enfant formé par Des Grieux et Manon, le vicomte de Valmont et la marquise de Merteuil, personnages principaux du roman de Laclos, prétendent maîtriser leur vie et leurs sentiments, ainsi que le destin de ceux qu'ils décident de séduire et de mener à leur perte.

6 Les personnages secondaires

Les personnages secondaires forment plusieurs cercles, selon leur place ou leur fonction dans le récit. À l'intérieur de ces cercles, on distingue ceux qui apportent leur aide et ceux qui s'opposent plus ou moins directement au couple formé par Manon et Des Grieux.

I Le premier cercle

1) Les « frères » : ceux qui apportent leur aide

- Tiberge est l'ami fidèle et vertueux, de trois ans l'aîné de Des Grieux. De famille modeste, il doit travailler et entre dans les ordres par conviction. Il est vertueux... et ennuyeux quand il fait la morale à Des Grieux, qui ne pense qu'à lui soutirer de l'argent.

- Lescaut, le frère de Manon, est un personnage douteux , mais on ne peut pas dire que ce soit lui qui entraîne des Grieux sur un mauvais chemin. C'est bien le chevalier qui vient lui demander aide et conseil pour se sortir d'affaire, quand il n'a plus d'argent ou cherche à s'évader.

- M. de T... accepte, sans même connaître Des Grieux, de l'aider à organiser l'évasion de Manon. Il devient l'ami du couple, est généreux en argent et en conseils. Mais ses conseils sont les accélérateurs du dernier malheur : la séquestration du jeune G... M... mène à la déportation de Manon et à sa mort.

À NOTER

On remarque **l'absence de figures féminines** autres que Manon : la jeune fille qu'elle envoie à Des Grieux est son double falot ; la mère défunte du chevalier n'est évoquée que deux fois.

2) Les « pères » : l'autorité et le pouvoir

- Le père et le frère de Des Grieux sont, dans certaines limites, des autorités bienveillantes. Le frère aîné est l'émissaire du père, dont il représente l'autorité. Le père voit la première aventure de son fils comme une erreur de jeunesse. Mais venu à Paris pour faire sortir son fils de prison, il est intraitable sur la déportation de Manon, ce qui crée la rupture entre le père et le fils.

- Trois autres hommes, des libertins, représentent le pouvoir et l'argent : ce sont des débauchés. Deux sont âgés : M. de B... achète Manon ; M. de G... M... l'installe en grande pompe dans son hôtel particulier. Le fils de M. de G... M..., comme son père, promet à Manon un train de vie fastueux.

II Le second cercle

1) Les personnages instables

- Le père supérieur de la prison de Saint-Lazare, le capitaine du bateau et le gouverneur de Louisiane se laissent attendrir par Des Grieux et sa passion pour Manon, mais pourraient se retourner contre le couple s'ils s'apercevaient qu'ils ont été manipulés.
- Ce n'est pas le cas du père supérieur, qui a eu « la générosité » de cacher les circonstances du départ de Des Grieux. En revanche, le gouverneur passe d'ami à opposant : lorsqu'il apprend que le couple n'est pas marié, il use de son pouvoir pour attribuer la prisonnière à son neveu.
- Au contraire, son neveu passe d'opposant à adjuvant : d'abord rival et duelliste de Des Grieux, il le défend lorsque ce dernier est accusé d'avoir tué Manon.

2) Les satellites

- La séquence du prince italien ridiculisé occupe trois fonctions importantes : confirmer le pouvoir de séduction de Manon, montrer son goût de la comédie et affirmer sa fidélité à Des Grieux.
- Le monde des valets et domestiques se divise en deux : ceux qui volent leurs maîtres, ceux qui sont fidèles et gardiens d'un certain honneur (Marcel aide ainsi Manon à sortir de prison, puis surveille les intérêts de son maître).
- Les hommes de main, hommes à tout faire, soldats, sont lâches et peu fiables ; leur seul moteur est d'obtenir de l'argent.

À NOTER
L'épisode du prince italien est un ajout effectué par Prévost, dans une édition ultérieure, pour mieux développer le personnage de Manon.

zoOm

Le personnel romanesque

On peut aussi organiser les personnages selon leur appartenance au monde de Manon ou à celui de Des Grieux.

Le monde de Manon	Le monde intermédiaire	Le monde de Des Grieux
Lescaut (le frère) les débauchés le prince italien	M. de T… le capitaine du bateau le gouverneur le monde des valets	le père et le frère Tiberge le père supérieur les hommes de main

7 Le thème de l'amour

La thématique centrale du roman est l'amour, lié à celles de l'argent, de la religion, des mœurs, du destin. Ces interactions mettent au jour trois formes de l'amour : l'amour passion, l'amour vénal ou l'amour pur.

I L'amour passion

1 Le coup de foudre

- À la vue de Manon, un **coup de foudre** frappe le chevalier, « enflammé tout d'un coup jusqu'au transport ».
- **Corps et cœur** sont pris par l'amour : « Mon cœur s'ouvrit à mille sentiments de plaisir dont je n'avais jamais eu l'idée. Une douce chaleur se répandit dans toutes mes veines. »

2 Les prodiges de l'amour

- Ce coup de foudre **transforme radicalement le destin** de Des Grieux, mais a aussi d'autres effets : il l'enhardit, l'aide à s'exprimer et éclaire son intelligence.
- Des Grieux est « éclairé » mais **aveugle** et incapable de raison. Dominé par sa passion, il n'apprend rien de l'expérience et reproduit toujours les mêmes erreurs.

II L'amour vénal

1 Maîtresse ou prostituée ?

- Comme Des Grieux le dit à son père, même les **hommes de bonne famille** entretiennent des maîtresses qu'ils couvrent de richesses, soit parce que, comme M. de C..., ils les aiment, soit parce qu'il est de bon ton d'avoir une ou plusieurs maîtresses.
- S'il n'est pas déshonorant pour un homme d'avoir une maîtresse, ce l'est davantage pour une femme d'avoir un amant. Encore faut-il faire la différence entre une femme de haut rang ayant un amant et une femme de basse extraction entretenue par un homme : cette dernière est alors une **prostituée**.

À NOTER
Manon, de basse extraction, est socialement cataloguée comme une fille de joie. Elle subit le **sort des prostituées de l'époque** : emprisonnement à l'Hôpital et déportation en Louisiane.

2 Infidélités du corps, fidélité du cœur

- Manon cède-t-elle aux avances des hommes riches par goût du plaisir ou parce qu'elle n'aime pas le chevalier ? Telles sont les **questions** qui hantent Des Grieux.
- Selon Manon, la fidélité est une « **sotte vertu** », car on ne peut « être bien tendre lorsqu'on manque de pain ». C'est la fidélité du cœur qu'elle attend de Des Grieux à qui elle redit tout son amour, à chacune de ses infidélités du corps.

III L'amour pur

1 Amour contre vertu

- Tiberge, renonçant à l'amour charnel, représente la victoire de la vertu sur l'amour. C'est l'usage de la raison et le recours à la religion qui lui permettent de gagner ce combat.
- Dans la controverse (ou dispute → **mot-clé, p. 56**) qui oppose Tiberge à Des Grieux, ce dernier soutient que l'amour est une meilleure voie vers le bonheur que la religion, car ce bonheur est proche et connu, alors que celui promis par la religion est lointain et inconnu. → **Fiche 10, p. 46**

2 Amour dans la vertu

- En Louisiane, où « on s'aime sans intérêt, sans jalousie, sans inconstance », l'amour peut être réconcilié avec la vertu, dans une vie frugale et simple, dans un monde nouveau et, avec le recul de l'expérience, dans une relation apaisée.
- Mais l'erreur de Des Grieux consiste à ne pas se contenter de cette relation directe à l'amour, à la nature et à Dieu, loin des « lois arbitraires du rang et de la bienséance ». Car vouloir se marier devant Dieu, c'est aussi reparaître dans le monde social, se remettre sous l'autorité du père (ici le gouverneur) et courir à l'échec.

zoOm

L'amour dans une vie simple

Sur cette estampe, on voit Rousseau, philosophe qui privilégie la nature, saluer une femme et ses enfants dans un cadre simple et campagnard.

Augustin Legrand, *Jean-Jacques Rousseau ou l'homme de la nature* (vers 1795).

MÉMO VISUEL

La méthode pour bien citer

- Une citation illustre un **argument**.
  → Elle doit être exacte et encadrée de guillemets.
- Une citation est mise en **contexte**.
  → Précisez à quel moment elle apparaît dans l'histoire.
- Une citation seule ne suffit pas.
  → Il faut l'accompagner d'un **commentaire**.

9 CITATIONS-CLÉS POUR LA DISSERTATION

L'amour selon Manon

« Ne vois-tu pas, ma pauvre chère âme, que, dans l'état où nous sommes réduits, c'est une sotte vertu que la fidélité ? Crois-tu qu'on puisse être bien tendre lorsqu'on manque de pain ? »

▪ Partie 2. Manon à Des Grieux.

« [...] la fidélité que je souhaite de vous est celle du cœur. »

▪ Partie 2. Manon à Des Grieux.

« Je fus touché de l'ingénuité de son récit et de cette manière bonne et ouverte avec laquelle elle me racontait jusqu'aux circonstances dont j'étais le plus offensé. Elle pèche sans malice, disais-je en moi-même ; elle est légère et imprudente, mais elle est droite et sincère. »

▪ Partie 1. Des Grieux, après la nuit de Manon avec G... M...

La tension romanesque

« Tous mes sentiments n'étaient qu'une alternative perpétuelle de haine et d'amour, d'espérance ou de désespoir, selon l'idée sous laquelle Manon s'offrait à mon esprit. »

■ Partie 1. Des Grieux après la première trahison de Manon.

« Manon était passionnée pour le plaisir ; je l'étais pour elle. »

■ Partie 1. Des Grieux après sa fuite du séminaire.

« J'ai remarqué, dans toute ma vie, que le Ciel a toujours choisi, pour me frapper de ses plus rudes châtiments, le temps où ma fortune me semblait le mieux établie. »

■ Partie 2. Des Grieux en Louisiane, quand ils désirent se marier.

La marge et la norme

« Manon n'avait jamais été une fille impie ; je n'étais pas non plus de ces libertins outrés qui font la gloire d'ajouter l'irréligion à la dépravation des mœurs : l'amour et la jeunesse avaient causé tous nos désordres. »

■ Partie 2. Des Grieux en Louisiane.

« Je m'imagine, lui dis-je, que M. de T... le fils, qui est riche et de bonne famille, est dans un certain goût de plaisirs, comme la plupart des jeunes gens de son âge. Il ne saurait être ennemi des femmes, ni ridicule au point de refuser ses services pour une affaire d'amour. »

■ Partie 1. Des Grieux expose à Lescaut son plan pour faire évader Manon.

« Mais le Ciel, après m'avoir puni avec tant de rigueur, avait dessein de me rendre utiles mes malheurs et ses châtiments : il m'éclaira de ses lumières, qui me firent rappeler des idées dignes de ma naissance et de mon éducation. »

■ Partie 2. Des Grieux à la fin du récit.

SE TESTER QUIZ

Vérifiez que vous avez bien compris les points clés des **fiches 4 à 7**.

1 La structure du roman

→ FICHE 4

1. Le récit de Des Grieux est :

❑ a. neutre.
❑ b. plein d'enthousiasme.
❑ c. assombri par ses commentaires.

2. Au début du récit, le lecteur :

❑ a. en connaît déjà la fin.
❑ b. voit Manon sous son meilleur jour.
❑ c. fait la connaissance du marquis de Renoncour.

2 Les deux personnages principaux

→ FICHE 5

Vrai ou faux ?	Vrai	Faux
a. Des Grieux et Manon ont la même origine sociale.	❑	❑
b. Des Grieux porte une part de tragique.	❑	❑
c. Manon est un personnage inconsistant.	❑	❑

3 Les personnages secondaires

→ FICHE 6

1. Tiberge apporte son aide financière à Des Grieux :

❑ a. parce qu'il approuve les actions du chevalier.
❑ b. malgré son désaccord.
❑ c. pour remettre Des Grieux dans le droit chemin.

2. Le père de Des Grieux est un père :

❑ a. qui abuse de son autorité. ❑ b. bienveillant. ❑ c. indifférent.

4 Le thème de l'amour

→ FICHE 7

1. Lorsque Des Grieux voit Manon, il :

❑ a. est touché dans son corps et dans son âme.
❑ b. reste sans voix.
❑ c. confie immédiatement son amour à Tiberge.

2. Manon :

❑ a. utilise Des Grieux sans éprouver de sentiment pour lui.
❑ b. aime sincèrement Des Grieux.
❑ c. distingue fidélité du cœur et fidélité du corps.

S'ENTRAÎNER

5 Mémoriser les idées-clés du cours

Répondez oralement à ces six questions de cours.

1. Peut-on dire que Manon connaît les trois formes de l'amour ?
2. Caractérisez l'amitié que Tiberge porte à Des Grieux.
3. Quel est l'intérêt de la structure enchâssée du récit ?
4. Comment peut-on classer les personnages secondaires ?
5. Faut-il analyser les deux personnages principaux séparément ?
6. Quel est le rôle de M. de T... dans le roman ?

OBJECTIF BAC

6 Présentation de *Manon Lescaut* à l'oral

Lors de la seconde partie de l'épreuve orale du bac de français, vous êtes invité(e) à présenter une œuvre parmi celles que vous avez étudiées en classe ou lues en lectures cursives.

Dans l'exercice qui suit, nous vous proposons de vous entraîner à cette présentation à partir de l'exemple de *Manon Lescaut*.

Vous avez étudié *Manon Lescaut* en classe et avez sélectionné cette œuvre, dans votre récapitulatif, pour la seconde partie de l'épreuve.

Présentez-la brièvement et exposez les raisons de votre choix.

→ Les clés pour réussir, page suivante.

7 Entretien à la suite de la présentation de *Manon Lescaut*

Une fois votre présentation terminée, l'examinateur vous pose des questions en prenant appui sur les éléments exposés. Il évalue vos capacités à dialoguer, à nuancer ou à étoffer votre réflexion, à défendre votre point de vue sur la base de la connaissance de l'œuvre.

Les questions

1. Vous dites avoir eu du plaisir à lire ce roman, pouvez-vous me citer les passages que vous avez le plus appréciés ?
2. Pensez-vous que la visée morale annoncée par l'auteur soit atteinte ?
3. Qu'est-ce qui vous a semblé le plus romanesque dans ce roman ?

LES CLÉS POUR RÉUSSIR

Présenter brièvement l'œuvre

Votre examinateur s'intéressera davantage à votre lecture personnelle de l'œuvre qu'à la récitation de dates, de mouvements littéraires ou d'un résumé de l'œuvre appris par cœur, surtout s'il s'agit d'une œuvre très connue comme *Manon Lescaut*. Il vous faut donc accrocher tout de suite son attention.

Étape 1
- Comment donner le titre de l'œuvre de manière déjà problématisée ?
- Quel sens l'auteur veut-il donner à son œuvre ?

Étape 2
- Quelle est la place de Manon dans le récit ?
- En quoi la relation des deux héros les met-elle en marge ?

Exposer les raisons de son choix

On vous demande une lecture personnelle de l'œuvre : l'exemple ci-dessous n'est donc qu'une des multiples manières de faire. L'important est que vous expliquiez de manière organisée et argumentée.

Trois raisons principales

1 Le plaisir de la lecture
- un récit vif
- le jeu sur le suspens

2 Un roman d'amour
- jusqu'où peut-on aller par amour ?
- l'émotion du lecteur

3 Une plongée dans le XVIIIe siècle
- une époque contrastée
- des vies diverses

SE TESTER QUIZ

1 La structure du roman

→ FICHE 4

1. Réponse c. Le récit rétrospectif de Des Grieux retrace ses amours tumultueuses. Mais son récit est émaillé de commentaires dans lesquels soit il cherche à se justifier, soit il annonce le drame qui va suivre.
2. Réponse c. Le marquis de Renoncour prend en charge le début du récit : il présente Manon enchaînée, juste avant le départ en Louisiane. S'il devine une fin malheureuse, le lecteur ne la connaît pas totalement.

2 Les deux personnages principaux

→ FICHE 5

a. Faux. Des Grieux est de très bonne famille, Manon Lescaut est d'origine modeste. Cette différence sociale très marquée, sur laquelle Des Grieux insiste souvent, constitue un obstacle insurmontable et entraîne les deux amants hors du droit chemin.
b. Vrai. Des Grieux est déchiré entre deux passions contraires : son amour et son devoir. En cela, il porte une part de tragique.
c. Faux. Bien qu'on ait peu accès à l'intériorité de Manon, elle est loin d'être inconsistante, et c'est elle que la postérité retient comme personnage principal du roman.

3 Les personnages secondaires

→ FICHE 6

1. Réponse b. Si Tiberge essaye de remettre Des Grieux dans le droit chemin par ses paroles, c'est pour le sortir d'un mauvais pas qu'il lui apporte son aide financière. Quand il apprend que Des Grieux s'enrichit au jeu, il rompt avec lui en lui prédisant sa chute ; mais il lui apportera son aide financière quand le chevalier sera de nouveau dans le besoin.
2. Réponse b. Le père de Des Grieux intervient avec un regard bienveillant. Il ne se fâche vraiment qu'à la fin du récit quand le chevalier refuse de lui obéir et invoque sa mère. C'est alors la rupture entre eux.

> **À NOTER**
> **Tiberge** est un personnage peu développé dans le récit. Il n'en reste pas moins important : il représente les valeurs que Des Grieux a délaissées pour l'amour de Manon.

4 Le thème de l'amour

→ FICHE 7

1. Réponse a. Des Grieux est touché corps et âme et est transformé radicalement par sa rencontre avec Manon. De « excessivement timide » il devient audacieux, de sage il devient « enflammé ».
2. Réponses b et c. Manon distingue fidélité du cœur et fidélité du corps : c'est en cela qu'elle est sincère dans son amour pour Des Grieux et qu'elle ne comprend pas qu'il lui en veuille pour ce que lui appelle des trahisons.

S'ENTRAÎNER

5 Mémoriser les idées-clés du cours

1. Manon pratique l'**amour vénal**, c'est ce qui heurte le chevalier qui ne comprend par quelle sorte d'amour elle lui porte. Elle connaît l'**amour pur** à la fin du récit.
2. **Fidélité inconditionnelle et désintéressement** caractérisent l'amitié de Tiberge. Malgré toutes les trahisons de Des Grieux, Tiberge lui garde son amitié ; il va jusqu'en Louisiane pour le ramener en France.
3. L'**enchâssement** permet de rendre crédible le caractère rétrospectif et réflexif du récit de Des Grieux.
4. On peut classer les **personnages secondaires** soit selon leurs fonctions d'opposant ou d'adjuvant des personnages principaux, soit selon leur degré d'appartenance au monde plus spécifique de l'un ou l'autre des héros.
5. Certes, il faut présenter les **deux personnages principaux** dans leur spécificité, mais c'est surtout dans la complexité et l'évolution de leur relation que l'on doit les analyser et que réside l'intérêt du roman.
6. **M. de T...** a un rôle ambigu : il est le fidèle ami du couple (c'est le seul homme qui résiste au charme de Manon), qu'il aide à de nombreuses reprises. Mais son esprit d'aventure les conduit régulièrement à la catastrophe.

OBJECTIF BAC

Les titres en couleur servent de repères dans ces propositions écrites de présentation ou de réponses aux questions. Ils doivent être intégrés de manière naturelle à votre exposé oral.

6 Présentation de *Manon Lescaut* à l'oral

I. Présentation

1. Le problème posé par le titre

- *Manon Lescaut*, le titre sous lequel on connaît le roman de l'abbé Prévost, n'est pas le titre original. Le véritable titre du roman, paru en 1731, est *Histoire du chevalier Des Grieux et de Manon Lescaut*.
- Dans son « Avis de l'auteur », l'abbé Prévost cible Des Grieux comme le personnage principal du roman, qui a pour but de montrer l'exemple à ne pas suivre, celui d'un homme de qualité aveuglé par la passion.

2. La part belle faite à Manon

- Pourtant, les lecteurs – le titre retenu par la postérité le prouve – s'intéressent davantage à Manon, une jeune femme dont on sait peu de choses, dont la beauté et le charme séduisent les hommes mais aussi les lecteurs et les lectrices.
- Mais si Manon plaît au lecteur, c'est sans doute que la relation ambiguë qu'elle entretient avec Des Grieux l'intrigue. Le lecteur suit avec plaisir et étonnement les aventures amoureuses de deux personnages qui se mettent en marge de la société pour vivre selon leurs désirs.

CONSEIL
Veillez à ce que les **enchaînements d'idées** s'organisent naturellement.

II. Les raisons de mon choix

1. Le plaisir de la lecture : un récit entraînant

- Le récit est vivant, son rythme s'accélère au fur et à mesure des péripéties que connaît le couple. La brièveté du récit, pour une suite d'événements assez longue, condense et rapproche les actions. Le lecteur n'a pas le temps de s'ennuyer.
- L'abbé Prévost maîtrise l'art du suspens et sait mettre des obstacles inattendus sur le chemin des personnages. On le voit particulièrement lors des deux évasions. C'est un vrai roman d'aventures !

2. Un roman d'amour : questionnement et émotion

- Mais c'est bien sûr, et avant tout, un roman d'amour qui nous fait réfléchir sur l'amour et ses tribulations. On peut s'interroger : que ferions-nous à la place de Des Grieux ou de Manon ? quelle sorte d'amour Manon porte-t-elle au chevalier ? est-ce ainsi que l'amour doit être vécu ?
- Amour, tromperie, déchirement entre passion et devoir sont des sujets qui prêtent à la comédie, au drame, voire au tragique. On retrouve tous ces registres dans le roman, qui font passer le lecteur d'une émotion à une autre.

3. Une plongée dans la diversité du XVIIIe siècle

- Le lecteur est plongé dans la vie de plaisir que connaît le début du XVIIIe siècle, il côtoie un peu tous les milieux, des plus aisés aux plus pauvres. Le roman nous entraîne même dans les colonies.
- Il nous fait vivre des vies diverses : celle d'une femme entretenue et de ses riches protecteurs, celle d'un étudiant en théologie, celles des tricheurs, des brigands et même celle des femmes bannies, celle des prisons…

7 Entretien à la suite de la présentation de *Manon Lescaut*

1. J'ai apprécié les scènes qui relèvent de la comédie, comme celle que joue Manon au prince italien : elle montre l'esprit de Manon et son goût pour la mise en scène. Ce qui m'a surpris(e), c'est le recours constant aux larmes, qu'elles soient de douleur ou de joie. On ne pleure pas autant dans les romans d'aujourd'hui !

2. Quand on lit les commentaires de Montesquieu (→ **sujet 1, p. 98**), de Flaubert (→ **citations, p. 83 et 109**), de Maupassant ou Cocteau (→ **citations ci-contre et page suivante**), on comprend qu'ils n'en font pas une lecture moralisatrice. Ils font l'éloge de Manon et pardonnent les erreurs et méfaits de Des Grieux au motif de l'amour. On peut néanmoins trouver étrange et un peu ridicule que Des Grieux renouvelle toujours les mêmes erreurs.

À NOTER

L'**abondance des larmes** n'est pas une particularité de *Manon Lescaut*. Elles accompagnent toutes les émotions dans les romans du XVIIIe siècle ; ainsi s'expriment alors les passions.

CITATION

« Puis voici Manon Lescaut, plus vraiment femme que toutes les autres, naïvement rouée, perfide, aimante, troublante, spirituelle, redoutable et charmante. »

Maupassant,
Préface de *Manon Lescaut* (1885).

3. ◗ Si on prend le terme « romanesque » au sens de peu crédible, je dirais que ce qui m'a le plus étonné(e), c'est la facilité avec laquelle Des Grieux assassine le portier : aucun sentiment de culpabilité, aucune sanction. Cela est peut-être dû à l'époque, mais il me semble qu'on ne pourrait pas écrire cela aujourd'hui.
◗ Si on associe le mot « romanesque » à des personnages hors normes, au plaisir du lecteur, je dirais que la lecture de *Manon Lescaut*, nous fait vivre les « aventures de fortune et d'amour » de deux personnages qui recherchent une vie de plaisir et que rien (ou presque) n'arrête. Ce plaisir devient celui du lecteur, qui suspend son jugement pour mieux suivre les personnages dans leur course au bonheur.

CITATION

« Quel cortège aux flambeaux de joueurs, de tricheurs, de buveurs, de débauchés, de descentes de police ! C'est ce parfum crapuleux de poudre à la maréchale, de vin sur la nappe et de lit défait qui donne à Manon la force de vivre à travers les siècles et de ne se point confondre avec d'autres figures dont les mouches et le sourire ne suffisent pas. »

Cocteau, *Revue de Paris* (oct. 1947).

DES POINTS EN PLUS

- On attend de vous une **lecture très personnelle**.
Vous pouvez tout à fait parler de vos difficultés de lecture sur tel ou tel aspect de l'œuvre, et de la manière dont vous les avez surmontées.
Vous pouvez aussi évoquer la différence entre votre première lecture, faite seul(e), et ce que vous a appris la lecture en classe : en quoi vous a-t-elle éclairé(e) sur les enjeux du texte ? vous a-t-elle fait changer ou nuancer votre point de vue initial ?
- Il faut **rendre votre présentation et l'entretien vivants** : vous devez intéresser votre interlocuteur, lui donner envie de dialoguer avec vous !

3 Expliquer des **extraits** du roman

FICHES

8 Extrait 1. La rencontre amoureuse

Nous sommes au début de la prise de parole de Des Grieux. Après avoir dressé de lui-même un portrait élogieux et laissé entendre que sa vie a basculé du mauvais côté, Des Grieux raconte sa rencontre avec Manon.

J'avais marqué le temps de mon départ d'Amiens. Hélas ! que ne le marquai-je un jour plus tôt ! j'aurais porté chez mon père toute mon innocence. La veille même de celui que je devais quitter cette ville, étant à me promener avec mon ami, qui s'appelait Tiberge, nous vîmes arriver le coche d'Arras, et nous le suivîmes jusqu'à l'hôtellerie où ces voitures descendent. Nous n'avions pas d'autre motif que la curiosité. Il en sortit quelques femmes qui se retirèrent aussitôt ; mais il en resta une, fort jeune, qui s'arrêta seule dans la cour, pendant qu'un homme d'un âge avancé, qui paraissait lui servir de conducteur, s'empressait de faire tirer son équipage des paniers. Elle me parut si charmante, que moi, qui n'avais jamais pensé à la différence des sexes, ni regardé une fille avec un peu d'attention ; moi, dis-je, dont tout le monde admirait la sagesse et la retenue, je me trouvai enflammé tout d'un coup jusqu'au transport. J'avais le défaut d'être excessivement timide et facile à déconcerter ; mais, loin d'être arrêté alors par cette faiblesse, je m'avançai vers la maîtresse de mon cœur.

1. Le contexte de la rencontre
Montrez le caractère à la fois extraordinaire et inattendu de cette rencontre.

Quoiqu'elle fût encore moins âgée que moi, elle reçut mes politesses sans paraître embarrassée. Je lui demandai ce qui l'amenait à Amiens, et si elle y avait quelques personnes de connaissance. Elle me répondit ingénument qu'elle y était envoyée par ses parents pour être religieuse. L'amour me rendait déjà si éclairé depuis un moment qu'il était dans mon cœur, que je regardai ce dessein comme un coup mortel pour mes désirs. Je lui parlai d'une manière qui lui fit comprendre mes sentiments ; car elle était bien plus expérimentée que moi : c'était malgré elle qu'on l'envoyait au couvent, pour arrêter sans doute son penchant au plaisir, qui s'était déjà déclaré, et qui a causé dans la suite tous ses malheurs et les miens. Je combattis la cruelle intention de ses parents par toutes les raisons que mon amour naissant et mon éloquence scolastique purent me suggérer. Elle n'affecta ni rigueur ni dédain. Elle me

2. La déclaration de Des Grieux
Quel est l'intérêt de retranscrire au discours indirect le dialogue qui s'est tenu entre les deux personnages ?

dit, après un moment de silence, qu'elle ne prévoyait que trop qu'elle allait être malheureuse ; mais que c'était apparemment la volonté du Ciel, puisqu'il ne lui laissait nul moyen de l'éviter.

La douceur de ses regards, un air charmant de tristesse en prononçant ces paroles, ou plutôt l'ascendant de ma destinée, qui m'entraînait à ma perte, ne me permirent pas de balancer un moment sur ma réponse. Je l'assurai que si elle voulait faire quelque fond sur mon honneur et sur la tendresse infinie qu'elle m'inspirait déjà, j'emploierais ma vie pour la délivrer de la tyrannie de ses parents et pour la rendre heureuse.

Manon Lescaut, première partie.

3. Engagement et désengagement de Des Grieux

Comment Des Grieux se décharge-t-il de toute responsabilité ?

LÉGENDE

Termes évoquant :
- un jugement rétrospectif
- une description physique de Manon

Méthode

Faire une première analyse du texte

1 Le contexte de la rencontre
- Observez la précision avec laquelle le narrateur installe le contexte spatio-temporel.
- Comment le narrateur met-il en évidence le bouleversement dont il est victime ?

2 La déclaration de Des Grieux
- Observez comment progresse la conversation entre paroles rapportées et commentaires.
- Montrez que l'emploi du discours indirect permet de suggérer plus que de dire.

3 Engagement et désengagement de Des Grieux
- Au moment où Des Grieux s'engage auprès de Manon, il se désengage auprès du lecteur : justifiez.

Conclusion
- Montrez que c'est Des Grieux qui manœuvre pour séduire Manon et non lui qui est séduit par la « perfide » Manon.

→ Exercice d'explication orale du texte, p. 52.

9 Extrait 2. Manon à Saint-Sulpice

Après la première trahison de Manon, Des Grieux entre au séminaire de Saint-Sulpice pour y mener avec succès des études de théologie. Il fait une intervention publique à la Sorbonne, à laquelle Manon assiste. Elle en sort bouleversée et demande une entrevue avec lui.

Il était six heures du soir. On vint m'avertir, un moment après mon retour, qu'une dame demandait à me voir. J'allai au parloir sur-le-champ. Dieux ! quelle apparition surprenante ! j'y trouvai Manon. C'était elle, mais plus aimable et plus brillante que je ne l'avais jamais vue. Elle était dans sa dix-huitième année. Ses charmes surpassaient tout ce qu'on peut décrire : c'était un air si fin, si doux, si engageant ! l'air de l'amour même. Toute sa figure me parut un enchantement.

1. L'apparition

Quelle description Des Grieux fait-il de Manon ?

Je demeurai interdit à sa vue ; et, ne pouvant conjecturer quel était le dessein de cette visite, j'attendais, les yeux baissés et avec tremblement, qu'elle s'expliquât. Son embarras fut pendant quelque temps égal au mien ; mais, voyant que mon silence continuait, elle mit la main devant ses yeux pour cacher quelques larmes. Elle me dit d'un ton timide qu'elle confessait que son infidélité méritait ma haine ; mais que, s'il était vrai que j'eusse jamais eu quelque tendresse pour elle, il y avait aussi bien de la dureté à laisser passer deux ans sans prendre soin de m'informer de son sort, et qu'il y en avait beaucoup encore à la voir dans l'état où elle était en ma présence, sans lui dire une parole. Le désordre de mon âme en l'écoutant ne saurait être exprimé.

2. L'argumentation de Manon

Comment Manon prend-elle la direction de l'entretien ?

Elle s'assit. Je demeurai debout, le corps à demi tourné, n'osant l'envisager directement. Je commençai plusieurs fois une réponse que je n'eus pas la force d'achever. Enfin je fis un effort pour m'écrier douloureusement : « Perfide Manon ! Ah ! perfide ! perfide ! » Elle me répéta, en pleurant à chaudes larmes, qu'elle ne prétendait point justifier sa perfidie. « Que prétendez-vous donc ? m'écriai-je encore. – Je prétends mourir, répondit-elle, si vous ne me rendez votre cœur, sans lequel il est impossible que je vive.

– Demande donc ma vie, infidèle, repris-je en versant moi-même des pleurs que je m'efforçai en vain de retenir ; demande

3. Le bouleversement de Des Grieux

Par quelles étapes Des Grieux passe-t-il du silence à la parole ?

Qualifiez sa prise de parole.

ma vie, qui est l'unique chose qui me reste à te sacrifier ; car mon cœur n'a jamais cessé d'être à toi. »

À peine eus-je achevé ces derniers mots, qu'elle se leva avec transport pour venir m'embrasser. Elle m'accabla de mille caresses passionnées. Elle m'appela par tous les noms que l'amour invente pour exprimer ses plus vives tendresses. Je n'y répondais encore qu'avec langueur. Quel passage, en effet, de la situation tranquille où j'avais été, aux mouvements tumultueux que je sentais renaître ! J'en étais épouvanté. Je frémissais, comme il arrive lorsqu'on se trouve la nuit dans une campagne écartée : on se croit transporté dans un nouvel ordre de choses ; on y est saisi d'une horreur secrète dont on ne se remet qu'après avoir considéré longtemps tous les environs.

Manon Lescaut, première partie.

Quel est le sens du mot « transporté », l. 43 ? Comparez avec l'emploi du mot « transport », l. 36.

LÉGENDE

Termes évoquant :

- le bouleversement de Des Grieux
- les expressions du corps

Méthode

Faire une première analyse du texte

1 L'apparition

- Relevez le lexique de l'apparition.

2 L'argumentation de Manon

- Montrez comment Manon retourne la situation en sa faveur.
- Comparez les réactions de Des Grieux dans cet extrait et dans l'extrait 1, p. 42.

3 Le bouleversement de Des Grieux

- Repérez les termes qui se répètent de la l. 22 à la l. 34.
- Quel est l'intérêt de la comparaison (l. 42-45) par laquelle Des Grieux exprime la violence de ses sentiments ?

Conclusion

- Montrez que cette scène fonctionne presque comme un double inversé de la scène de la première rencontre (→ **extrait 1, p. 42**).

→ **Exercice d'explication orale du texte, p. 52.**

10 Extrait 3. La dispute de Tiberge et Des Grieux

Tiberge reproche à Des Grieux de persévérer dans son amour pour Manon, alors qu'il ne lui cause que des malheurs. Des Grieux lui répond que la pratique de la vertu conduit aussi à subir des malheurs, tandis que le bonheur promis dans un autre monde est moins certain que celui que l'amour peut procurer sur terre.

Tiberge parut effrayé de ce raisonnement. Il recula de deux pas en me disant, de l'air le plus sérieux, que non seulement ce que je venais de dire blessait le bon sens, mais que c'était un malheureux sophisme[1] d'impiété et d'irréligion ; car cette comparaison, ajouta-t-il, du terme de vos peines avec celui qui est proposé par la religion, est une idée des plus libertines et des plus monstrueuses.

– J'avoue, repris-je, qu'elle n'est pas juste ; mais prenez-y garde, ce n'est pas sur elle que porte mon raisonnement. J'ai eu dessein d'expliquer ce que vous regardez comme une contradiction dans la persévérance d'un amour malheureux, et je crois avoir fort bien prouvé que, si c'en est une, vous ne sauriez vous en sauver plus que moi. C'est à cet égard seulement que j'ai traité les choses d'égales, et je soutiens encore qu'elles le sont.

1. Une accusation et la manière d'y répondre

Sur quoi porte l'accusation de libertinage que Tiberge adresse à Des Grieux ?

Répondrez-vous que le terme de la vertu est infiniment supérieur à celui de l'amour ? Qui refuse d'en convenir ? Mais est-ce de quoi il est question ? Ne s'agit-il pas de la force qu'ils ont l'un et l'autre pour faire supporter les peines ? Jugeons-en par l'effet : combien trouve-t-on de déserteurs de la sévère vertu, et combien en trouverez-vous peu de l'amour ? Répondrez-vous encore que, s'il y a des peines dans l'exercice du bien, elles ne sont pas infaillibles et nécessaires ; qu'on ne trouve plus de tyrans ni de croix, et qu'on voit quantité de personnes vertueuses mener une vie douce et tranquille ? Je vous dirai même qu'il y a des amours paisibles et fortunées ; et, ce qui fait encore une différence qui m'est extrêmement avantageuse, j'ajouterai que l'amour, quoiqu'il trompe assez souvent, ne produit du moins que des satisfactions et des joies, au lieu que la religion veut qu'on s'attende à une pratique triste et mortifiante.

2. La comparaison entre l'amour et la vertu

Quelle est la fonction des propositions interrogatives dans ce passage ?

1. **Sophisme :** argument, raisonnement faux malgré une apparence de vérité.

Ne vous alarmez pas, ajoutai-je en voyant son zèle prêt à se chagriner. L'unique chose que je veux conclure ici, c'est qu'il n'y a point de plus mauvaise méthode pour dégoûter un cœur de l'amour que de lui en décrier les douceurs, et de lui promettre plus de bonheur dans l'exercice de la vertu. De la manière dont nous sommes faits, il est certain que notre félicité consiste dans le plaisir. Je défie qu'on s'en forme une autre idée : or le cœur n'a pas besoin de se consulter longtemps pour sentir que de tous les plaisirs les plus doux sont ceux de l'amour. Il s'aperçoit bientôt qu'on le trompe lorsqu'on lui en promet ailleurs de plus charmants ; et cette tromperie le dispose à se défier des promesses les plus solides.

Manon Lescaut, première partie.

3. La supériorité de l'amour sur la vertu

Repérez le syllogisme et commentez-le.

LÉGENDE

Termes évoquant :

- le plaisir des sens et de l'amour
- la vertu

Méthode

Faire une première analyse du texte

1 Une accusation et la manière d'y répondre

- Mettez en évidence la manière dont Des Grieux répond à l'accusation de libertinage d'idées.

2 La comparaison entre l'amour et la vertu

- Relevez les points sur lesquels Des Grieux fait porter sa comparaison entre la vertu et l'amour.
- En quoi l'argumentation de Des Grieux est-elle habile ?

3 La supériorité de l'amour sur la vertu

- En quoi Des Grieux adresse-t-il une leçon à Tiberge ?
- Montrez que la défense de Des Grieux repose sur une définition matérialiste de l'être humain.

Conclusion

- Ce débat entre Tiberge et Des Grieux permet-il de mieux comprendre le caractère du chevalier ?
- À quel courant de pensée, propre au XVIIIe siècle, se rattache-t-il ?

→ **Exercice d'explication orale du texte, p. 52.**

11 Extrait 4. La rupture avec le père

Comment empêcher la déportation de Manon ? Dans une dernière entrevue, Des Grieux tente d'attendrir son père. Il le rencontre au jardin du Luxembourg et commence sa harangue en lui parlant de Manon sous un jour favorable.

Il m'interrompit encore, voyant que je parlais avec une ardeur qui ne m'aurait pas permis de finir sitôt. Il voulut savoir à quoi j'avais dessein d'en venir par un discours si passionné. À vous demander la vie, répondis-je, que je ne puis conserver un moment si Manon part une fois pour l'Amérique. – Non, non, me dit-il d'un ton sévère ; j'aime mieux te voir sans vie que sans sagesse et sans honneur. – N'allons donc pas plus loin, m'écriai-je en l'arrêtant par le bras ; ôtez-la-moi, cette vie odieuse et insupportable ; car, dans le désespoir où vous me jetez, la mort sera une faveur pour moi. C'est un présent digne de la main d'un père.

– Je ne te donnerais que ce que tu mérites, répliqua-t-il. Je connais bien des pères qui n'auraient pas attendu si longtemps pour être eux-mêmes tes bourreaux ; mais c'est ma bonté excessive qui t'a perdu.

Je me jetai à ses genoux : Ah ! s'il vous en reste encore, lui dis-je en les embrassant, ne vous endurcissez donc pas contre mes pleurs. Songez que je suis votre fils... Hélas ! souvenez-vous de ma mère. Vous l'aimiez si tendrement ! Auriez-vous souffert qu'on l'eût arrachée de vos bras ? vous l'auriez défendue jusqu'à la mort. Les autres n'ont-ils pas un cœur comme vous ? Peut-on être barbare après avoir une fois éprouvé ce que c'est que la tendresse et la douleur ?

– Ne me parle pas davantage de ta mère, reprit-il d'une voix irritée ; ce souvenir échauffe mon indignation. Tes désordres la feraient mourir de douleur, si elle eût assez vécu pour les voir. Finissons cet entretien, ajouta-t-il ; il m'importune et ne me fera point changer de résolution. Je retourne au logis, je t'ordonne de me suivre.

Le ton dur et sec avec lequel il m'intima cet ordre me fit trop comprendre que son cœur était inflexible. Je m'éloignai de quelques pas, dans la crainte qu'il ne lui prît envie de m'arrêter

1. Une scène de tragédie

Repérez deux éléments qui relèvent de la tragédie.

2. La faute de Des Grieux

Par quel type de raisonnement Des Grieux tente-t-il de convaincre son père ?

3. La rupture

En quoi le ton du père a-t-il changé par rapport au début de l'extrait ?

À quoi voit-on que la rupture avec le père est maintenant définitive ?

de ses propres mains. N'augmentez pas mon désespoir, lui dis-je, en me forçant de vous désobéir. Il est impossible que je vous suive. Il ne l'est pas moins que je vive, après la dureté avec laquelle vous me traitez : ainsi je vous dis un éternel adieu. Ma mort, que vous apprendrez bientôt, ajoutai-je tristement, vous fera peut-être reprendre pour moi des sentiments de père. Comme je me tournais pour le quitter : Tu refuses donc de me suivre ? s'écria-t-il avec une vive colère : va, cours à ta perte. Adieu, fils ingrat et rebelle ! – Adieu, lui dis-je dans mon transport ; adieu, père barbare et dénaturé !

Manon Lescaut, seconde partie.

LÉGENDE

Termes évoquant :
- les relations familiales
- la vie et la mort

Méthode

Faire une première analyse du texte

1 Une scène de tragédie
- Repérez l'utilisation du lexique tragique.
- Analysez les éléments du dilemme.

2 La faute de Des Grieux
- Le père s'accuse d'avoir été trop bon. En quoi cela constitue-t-il une faute ?
- En quoi le raisonnement analogique de Des Grieux est-il une grossière erreur de sa part et constitue un affront impardonnable ?

3 La rupture
- Montrez que c'est le père qui clôt l'entretien.
- En quoi Des Grieux fait-il preuve de mauvaise foi en évoquant sa propre mort ?

Conclusion
- En quoi cette scène est-elle la dernière étape de la déchéance de Des Grieux ?

→ **Exercice d'explication orale du texte, p. 52.**

MÉMO VISUEL

1 Se préparer

Pendant l'année

- Revoir les **explications** faites en cours.
- Approfondir ses **connaissances** sur l'œuvre, l'auteur, le contexte…
- Faire des fiches de **révision** sur chaque texte.
- Revoir les notions de **grammaire** au programme.

Le jour J

- Relire le texte sélectionné en repérant les **difficultés de lecture**.
- L'**annoter** : mouvements, mots-clés, principaux procédés à commenter…
- Rédiger l'**introduction** et la **conclusion**.
- Répondre à la **question de grammaire**.

RÉUSSI

5 Réussir l'entretien

Présenter l'œuvre choisie

- **Être bref** mais efficace.
- **Ouvrir** des pistes d'étude de l'œuvre sans entrer dans les détails.
- **Justifier** le choix de l'œuvre en développant un avis personnel.

Dialoguer avec l'examinateur

- **Répondre** précisément à chaque question.
- **Développer** les réponses en élargissant progressivement.
- **Faire des liens** avec d'autres œuvres.

'ÉPREUVE
ORALE

2 Faire une lecture du texte à voix haute

- Commencer par **présenter l'extrait** en le situant dans l'œuvre ou le parcours auquel il appartient.
- Faire une lecture adaptée au **genre littéraire** : poésie, théâtre…
- Être **expressif** mais pas exagérément.
- Respecter les **liaisons** et la **ponctuation**.

3 Expliquer le texte

- Formuler l'**enjeu principal** du texte, qui servira de fil conducteur à l'explication.
- Faire le lien entre les **impressions de lecture** et les **procédés** utilisés.
- Procéder dans l'**ordre du texte**, en regroupant les remarques qui se recoupent.

4 Répondre à la question de grammaire

→ chapitre 4

- Utiliser les **termes grammaticaux** correspondant à la notion.
- Tenir compte du **contexte syntaxique**.

OBJECTIF BAC

Lors de la première partie de l'épreuve orale du bac de français, vous êtes interrogé(e) sur l'un des textes figurant dans votre récapitulatif. Il vous est demandé d'en lire à voix haute un passage, de l'expliquer, enfin de répondre à une question de grammaire. → CHAPITRE 4

Nous vous proposons un entraînement sur les quatre extraits de *Manon Lescaut* présentés dans les fiches 8, 9, 10 et 11 de ce chapitre.

1 Explication de l'extrait 1 • La rencontre amoureuse

Expliquez l'extrait de *Manon Lescaut*. → FICHE 8

CONSEIL
Aidez-vous des Clés pour réussir ci-contre.

→ Méthode, p. 43.

2 Explication de l'extrait 2 • Manon à Saint-Sulpice

Expliquez l'extrait de *Manon Lescaut*. → FICHE 9

CONSEIL
Pour bien lire les lignes 1 à 8 à voix haute, faites ressentir l'émerveillement de Des Grieux, par contraste avec le paragraphe suivant, plus sombre.

→ Méthode, p. 45.

3 Explication de l'extrait 3 • La dispute de Tiberge et Des Grieux

Expliquez l'extrait de *Manon Lescaut*. → FICHE 10

CONSEIL
Pour bien lire les lignes 16 à 30 à voix haute, choisissez un rythme rapide qui montrera que Des Grieux, en accumulant questions et réponses, ne laisse pas à Tiberge le temps de défendre son propre point de vue.

→ Méthode, p. 47.

4 Explication de l'extrait 4 • La rupture avec le père

Expliquez l'extrait de *Manon Lescaut*. → FICHE 11

CONSEIL
Pour bien lire cet extrait à voix haute, mettez en évidence, sans outrance tout de même, la grandiloquence de Des Grieux quand il s'adresse à son père.

→ Méthode, p. 45.

LES CLÉS POUR RÉUSSIR

Situer l'extrait 1 dans l'œuvre, le lire à voix haute

1 Situer l'extrait

- Rappelez brièvement le contexte de publication et le sujet du roman.
- Aidez-vous du chapeau (paragraphe qui introduit l'extrait), p. 42.

2 Lire un passage à voix haute (l. 19-36)

- Faites sentir la différence de voix entre la narration et les paroles rapportées de Manon (discours direct, indirect libre).
- Distinguez, par des procédés d'insistance et par le rythme de votre parole, la narration des événements et le trouble de Des Grieux.

Expliquer l'extrait 1

1 Formuler la problématique

- Comment Des Grieux, frappé par l'Amour, manœuvre-t-il pour séduire Manon, tout en se déchargeant de toute responsabilité ?
- Vous pouvez vous appuyer sur la conclusion de la Méthode, p. 43.

2 Expliquer le texte en s'appuyant sur sa structure

- Délimitez trois parties dans l'extrait. Aidez-vous du découpage, p. 42-43.
- Commencez l'analyse de chaque partie en en indiquant la (ou les) caractéristique(s) majeure(s). Étayez votre démonstration en vous appuyant sur le texte.

3 Conclure

- Répondez à la question de la problématique.
- Pour élargir, faites référence à l'« Avis de l'auteur ».

CORRIGÉS

OBJECTIF BAC

Les corrigés des explications sont présentés sous forme de plans.

1 Explication de l'extrait 1 • La rencontre amoureuse

Introduction

[Situation de l'extrait] Nous sommes au début de la prise de parole de Des Grieux. Après avoir dressé de lui-même un portrait élogieux et laissé entendre que sa vie a basculé du mauvais côté, Des Grieux raconte sa rencontre avec Manon. **[Problématique]** Comment Des Grieux, frappé par l'Amour, manœuvre-t-il pour séduire Manon tout en se désengageant de toute responsabilité ?

I. Le contexte de la rencontre (l. 1-18, p. 42)

- **Son caractère imprévu et néfaste.** Double fonction des deux premières phrases : irréel du passé, déploration (« Hélas ! »).
- **Une promenade anodine, une flânerie curieuse** (« pas d'autre motif que la curiosité »). Mise en évidence de Manon par opposition aux autres femmes (« mais », « fort jeune », « seule »).
- **Un coup de foudre qui transforme le narrateur.** Procédés d'insistance. Effet physique hyperbolique : « jusqu'au transport ».

II. La déclaration de Des Grieux (l. 19-36, p. 42-43)

- **Une première prise de contact.** Jeu de questions-réponses rapportées au discours indirect. Dramatisation immédiate et hyperbolique du récit.
- **Une déclaration à mots couverts.** Discours narrativisé : le lecteur n'a pas accès à son contenu, mais seulement aux interprétations de Des Grieux (« sans doute ») et à son jugement rétrospectif (« penchant au plaisir »). Prolepse désignant la coupable.
- **Une argumentation réussie.** Discours narrativisé. Causes de la réussite : l'amour et la maîtrise de l'argumentation. La réponse de Manon lui laisse le champ libre.

> **MOT-CLÉ**
> **Discours narrativisé** : discours rapporté qui résume ce qui a été dit sans donner accès aux paroles prononcées.

III. Engagement et désengagement de Des Grieux (l. 37-43, p. 43)

- **Victime du destin.** Longue phrase qui énumère les raisons du changement de destinée de Des Grieux. Il n'est pas sujet mais objet de « ne me permirent pas ». Adresse à l'auditeur-lecteur pour le prévenir de l'issue : « ma perte ».
- **Des Grieux s'engage...** sur son « honneur » (valeurs de l'aristocratie), sa « tendresse infinie » (en contradiction avec ses valeurs). Un conte de fée : héroïsme du chevalier (« la délivrer de la tyrannie de ses parents ») et fin « heureuse ».

Conclusion

- Cette scène est racontée rétrospectivement par celui qui la subit et qui exprime des sentiments mêlés d'amour et de malheur, comme si Des Grieux avait été dépossédé de lui-même. Mais c'est Des Grieux qui manœuvre ici pour séduire Manon et non lui qui est séduit par la « perfide » Manon.
- On assiste à la rencontre du narrateur avec l'allégorie de l'amour plus qu'avec une personne réelle, quelques pages après l'« Avis » dans lequel l'auteur annonce sa visée morale : prévenir des malheurs engendrés par l'amour.

2 Explication de l'extrait 2 • Manon à Saint-Sulpice

Introduction

[Situation de l'extrait] Après la première trahison de Manon, Des Grieux entre au séminaire de Saint-Sulpice pour y mener avec succès des études de théologie. Il fait une intervention publique à la Sorbonne, à laquelle Manon assiste. Elle en sort bouleversée et demande une entrevue avec lui. **[Problématique]** Comment Manon retourne-t-elle la situation en sa faveur ?

I. L'apparition (l. 1-8, p. 44)

- **Une apparition religieuse.** Le lieu (un parloir), effet de surprise : « une dame », « quelle apparition », « Manon », « C'était elle », « brillante » (comme si une lumière l'auréolait).
- **Une femme.** L'emploi répété de l'intensif « si », associé à la mention des deux ans écoulés, montre qu'elle est passée de jeune fille à femme.
- **La figure de l'Amour.** Déesse païenne venant subvertir le futur prêtre jusque dans sa retraite religieuse. Le mot « enchantement » préfigure la défaite de Des Grieux.

II. L'argumentation de Manon (l. 9-21, p. 44)

- **Le silence.** Des Grieux, humble, en position d'attente (« les yeux baissés »). Manon commence par le silence. Le corps parle : tremblement de Des Grieux, larmes de Manon.
- **De la confession au reproche.** 1. Manon reconnaît sa faute et sa conséquence : la « haine ». 2. Elle retourne la situation (« mais ») par un raisonnement en deux temps (« s'il était vrai... aussi ») qui revient à une accusation (tu ne m'aimes pas ou bien tu fais preuve de cruauté).

III. Le bouleversement de Des Grieux (l. 22-45, p. 44-45)

- **Théâtralisation.** Mouvements des corps + larmes : fonction de didascalies. Discours direct prédominant. Jeu d'échos (« perfide » répété + exclamation). Réemploi par Manon (parole rapportée : « perfidie »). Discours direct, échos : « prétendre », « cœur », « que je vive », « demande donc ma vie », « mourir ». Surenchère gagnée par Des Grieux, mais qui montre le succès de Manon : Des Grieux lui avoue son amour.
- **Manon initie l'assaut amoureux** (baisers, caresses, noms, tendresses). Passivité de Des Grieux (« langueur », terme plutôt associé à la femme).

- **L'expression de l'épouvante.** Deux comparaisons encadrent une courte phrase qui constate l'épouvante.
1. Deux états : tranquillité versus tumulte.
2. Évocation d'une situation familière pour le lecteur (pronom indéfini inclusif « on ») et qui évoque la terreur.

À NOTER
Observez les termes de la comparaison (« nuit », « campagne écartée », « nouvel ordre de choses ») : en quoi évoquent-ils le monde en marge dans lequel le chevalier s'engage par amour pour Manon ?

Conclusion

- Cette scène amplifie celle de la première rencontre, en l'inversant presque : Manon, passive dans la première scène, est active dans celle-ci. Telle une apparition d'un autre monde, elle vient enlever Des Grieux au monde tranquille et rassurant de la religion.
- Manon est passée de femme-enfant, à femme fatale, voire femme-démon.

3 Explication de l'extrait 3 • La dispute de Tiberge et Des Grieux

Introduction

[Situation de l'extrait] Dans cette dispute, Tiberge reproche à Des Grieux de persévérer dans son amour pour Manon, alors qu'il ne lui cause que des malheurs. Des Grieux lui répond que la pratique de la vertu conduit aussi à subir des malheurs, tandis que le bonheur promis dans un autre monde est moins certain que celui que l'amour peut procurer sur terre. **[Problématique]** Comment Des Grieux va-t-il défendre cette conception que Tiberge considère comme libertine ?

MOT-CLÉ
Une **dispute** est un débat polémique sur un sujet théologique ou philosophique où chacun développe son argumentation avec éloquence.

I. Une accusation et la manière d'y répondre (l. 1-15, p. 46)

- **L'accusation de libertinage.** Recul physique de Tiberge, comme devant le mal personnifié. Double accusation : 1. va contre le bon sens. 2. libertinage = monstruosité hérétique.
- **Réponse de Des Grieux.** Raisonnement concessif : certes la comparaison n'est pas juste, mais elle ne constitue qu'une étape dans son argumentation. Confirme sa thèse : comme Tiberge, il accepte les souffrances pour arriver au bonheur.

II. La comparaison entre l'amour et la vertu (l. 16-30, p. 46)

- **Recentrer le débat.** Deux premières interrogatives permettent de s'accorder : le but de la vertu est supérieur à celui de l'amour (Des Grieux n'est donc pas un libertin d'idées). Les deux suivantes posent l'enjeu du débat : quelle est « la force qu'ils ont l'un et l'autre pour faire supporter les peines » ?
- **Maîtriser l'adversaire.** Deux autres interrogatives anticipent une possible réfutation. Supériorité négative de la vertu : davantage de déserteurs. Égalité : de nos jours, les personnes vertueuses et celles qui se consacrent à l'amour peuvent mener une vie tranquille. Supériorité de l'amour : promesse de plaisirs *versus* mortifications de la religion.

III. La supériorité de l'amour sur la vertu (l. 31-42, p. 47)

- **L'attaque de Des Grieux.** Des Grieux atténue la violence de sa conclusion en expliquant comment convaincre quelqu'un de revenir dans le chemin de la vertu et à quel point les arguments employés par Tiberge sont mauvais.
- **Démonstration sous forme de syllogisme.** 1. Félicité de l'être humain dans le plaisir. 2. Or, les plaisirs les plus doux = ceux de l'amour. 3. Donc, on trompe l'être humain en lui en promettant d'autres. Ruse de Des Grieux : fait passer le 1 pour une vérité absolue (définition matérialiste).

Conclusion

- Dans une très habile démonstration qui ne laisse pas la parole à son détracteur, le chevalier, sans renier les fondements de la religion, choisit de faire de l'amour sa religion. Il défend une vision matérialiste de l'homme, définie par la recherche du bonheur et donne la primauté au plaisir pour y parvenir.
- Ce discours rejoint le courant philosophique du sensualisme qui accorde la primauté de la passion et des sens sur la raison au XVIIIe siècle.

4 Explication de l'extrait 4 • La rupture avec le père

Introduction

[Situation de l'extrait] Comment empêcher la déportation de Manon ? Dans une dernière entrevue, Des Grieux tente d'attendrir son père. Il le rencontre au jardin du Luxembourg et commence sa harangue en évoquant Manon sous un jour favorable. **[Problématique]** Pourquoi échoue-t-il dans sa requête ?

I. Une scène de tragédie (l. 1-11, p. 48)

- **Un père sur ses gardes.** La deuxième phrase caractérise le discours qui précède (« si passionné ») et montre que le père n'est pas dupe.
- **La relation père-fils.** Le but (empêcher le départ de Manon pour l'Amérique) passe en seconde position dans la troisième phrase : c'est la vie du fils qui passe au premier plan. Chantage : si Manon part, alors Des Grieux meurt, donc sauver Manon, c'est sauver des Grieux de la mort. Appel aux sentiments du père qui a droit de vie et de mort sur le fils.
- **Appel au tragique.** Père : « non » répété, dilemme formulé (lexique et valeurs nobles : « sagesse », « honneur »). Des Grieux : geste théâtral (très visuel), grandiloquence (demande la mort).

II. La faute de Des Grieux (l. 12-23, p. 48)

- **La relation père-fils.** Père : remet les choses à leur place (« je ne te donnerai que ce que tu mérites »), se situe dans la loi des pères : père trop bienveillant = mauvais père. Des Grieux : soumission du suppliant, registre pathétique, appel aux sentiments paternels.

Une mauvaise argumentation. Raisonnement analogique (amour du père pour sa femme). → 1. Mère au même plan que Manon, une prostituée. 2. Conduite identique du père sans honneur ni sagesse ?

À NOTER

La **figure maternelle** n'apparaît que deux fois dans le roman : son évocation a, dans cet extrait, une importance primordiale.

III. La rupture (l. 24-42, p. 48-49)

- **La loi du père.** Clôt le débat (ordre, ton de la voix) : interdiction de faire appel à la figure maternelle ; il ne s'agit plus de la mort du fils, mais de la mort de la mère (et de celle du père, *cf.* fin du roman).
- **Des Grieux se décharge de ses responsabilités.** Le père forcerait le fils à désobéir ; tente de culpabiliser le père de la prétendue mort du fils.
- **Le père prend acte du refus et donne le verdict.** « Fils ingrat » (relation au père) et « rebelle » (relation à l'autorité du père et à l'ordre social). Parallélisme syntaxique : Des Grieux lui renvoie ses insultes en faisant appel à la loi de la nature (« barbare et dénaturé »).

Conclusion

- Des Grieux tente toutes les stratégies pour attendrir son père, mais il dépasse les limites : l'évocation de sa mère constitue un affront à la pureté de la figure maternelle.
- Cette scène est fondamentale, car elle scelle le destin du chevalier. Rompant toute relation avec son père, il se met en marge du monde aristocratique auquel il appartient.

4 Répondre à des questions de **grammaire**

12 Le verbe : formes et valeurs

Vous devez savoir reconnaître le mode et le temps d'un verbe, mais aussi expliquer l'emploi du mode et préciser la valeur du temps.

I Identifier le mode d'un verbe

■ On distingue les modes personnels et non personnels : un verbe à un mode personnel varie selon la personne grammaticale.

Modes non personnels

- **Infinitif :** *parler* (présent), *avoir parlé* (passé)
  « Où **courir** ? Où ne pas **courir** ? » Molière
- **Participe :** *parlant* (présent), *ayant parlé/parlé* (passé)
  « La Cigale **ayant chanté**/Tout l'été/Se trouva fort dépourvue/Quand la bise fut venue. » La Fontaine

Modes personnels

- **Indicatif :** l'action – située dans le passé, le présent ou le futur – est présentée comme certaine.
  « Il **est** certain que M. Duroy **a** un esprit original. » Maupassant
- **Subjonctif :** l'action est seulement envisagée.
  « Il se peut donc que tu ne **sois** pas bien à ton aise ? » Molière
- **Impératif :** l'action est ordonnée, conseillée.
  « Qu'avez-vous fait ? **Dis**-moi ! **Réponds**-moi ! **Parle**-moi ! » Hugo

À NOTER

Longtemps considéré comme un mode, le **conditionnel** est désormais classé comme **un temps de l'indicatif**. Il permet d'exprimer le futur à partir d'un moment du passé (valeur temporelle) ou une action soumise à une condition (valeur modale).

II Reconnaître le temps d'un verbe

1 Les temps de l'indicatif

Temps simples	Imparfait *je parlais*	Passé simple *je parlai*	Présent *je parle*	Futur *je parlerai*	Cond. présent *je parlerais*
Temps composés	Plus-que-parfait *j'avais parlé*	Passé antérieur *j'eus parlé*	Passé composé *j'ai parlé*	Futur antérieur *j'aurai parlé*	Conditionnel passé *j'aurais parlé*

2 Les temps du subjonctif et de l'impératif

■ Le **subjonctif** présente deux temps simples (présent : *qu'il parle* ; imparfait : *qu'elle parlât*) et deux temps composés (passé : *qu'il ait parlé* ; plus-que-parfait : *qu'elle eût parlé*).

> « Que vouliez-vous qu'il **fît** ? » Molière [subjonctif imparfait]

■ L'**impératif** ne connaît que deux temps : présent (*parle !*) et passé (*aie parlé !*).

> « **Regarde-moi** mon cher et **dis** quelle espérance [impératif présent]
> Pourrait bien me laisser cette protubérance ! » Rostand

3 La concordance des temps

■ Il y a concordance des temps quand le temps d'un verbe dans une proposition **subordonnée** s'explique par le temps du verbe dans la **principale**.

> Je me **doute** bien que tôt ou tard vous me **direz** adieu.
> [présent dans la principale + futur dans la subordonnée]

> Je me **doutais** bien que tôt ou tard vous me **diriez** adieu.
> [imparfait dans la principale + cond. présent (= futur du passé) dans la subordonnée]

III Analyser la valeur d'un temps

1 Temps simples et temps composés

■ Les temps composés indiquent que l'action est achevée (aspect **accompli**), les temps simples qu'elle est en cours de déroulement (aspect **inaccompli**).

> « Madame **se meurt** [inaccompli] ! Madame **est morte** [accompli] ! » Bossuet

2 Le présent de l'indicatif

■ Il sert à exprimer une **action contemporaine de l'énonciation**.

■ Il peut aussi exprimer un fait vrai de tout temps (présent de **vérité générale**).

> « Rien ne **sert** de courir, il **faut** partir à point. » La Fontaine

■ Dans un récit au passé, il peut remplacer un temps du passé pour donner l'illusion que l'action se déroule en ce moment (présent de **narration**).

3 Le passé simple et l'imparfait

■ Le **passé simple** s'emploie pour une action passée délimitée dans le temps (aspect **borné**). Il permet de rapporter les actions successives d'un récit.

> « Lol **quitta** S. Tahla, sa ville natale, pendant dix ans. » Duras

■ L'**imparfait** s'emploie pour une action passée présentée dans son déroulement (aspect **non borné**). Il permet d'évoquer l'arrière-plan d'un récit.

> « Elle **restait** là, toujours recroquevillée, attendant, sans rien faire. » Sarraute

13 Les relations au sein de la phrase complexe

Une phrase simple comprend une seule proposition, alors qu'une phrase complexe en comprend plusieurs.

I Étudier une phrase complexe

1 Délimiter les propositions

■ Pour délimiter les propositions dans une phrase complexe, il faut **repérer les verbes** (associés à des sujets) et observer les mots ou les signes de ponctuation qui marquent les limites entre deux propositions.

> « [La mémoire de la plupart des hommes **est** un cimetière abandonné,] [**où** **gisent** sans honneurs des morts] [**qu'**ils **ont cessé** de chérir]. » Yourcenar
>
> Cette phrase complexe comprend 3 verbes, donc 3 propositions (entre crochets).

2 Analyser les liens entre deux propositions indépendantes

Des propositions qui conservent une certaine autonomie au sein de la phrase complexe sont dites **indépendantes**.

■ Elles sont **juxtaposées** si elles sont séparées par une virgule, un point-virgule ou un deux-points.

> « Je le vis, je rougis, je pâlis à sa vue. » Racine

■ Elles sont **coordonnées** si elles sont reliées par une conjonction de coordination (*mais, ou, et, donc, or, ni, car*) ou un adverbe de liaison (*puis, en effet, pourtant*...).

3 Reconnaître un lien de subordination

■ Ce lien existe quand on ne peut pas séparer deux propositions d'une phrase complexe. On distingue alors la **proposition principale** et la **proposition subordonnée**, en général introduite par un mot subordonnant.

À NOTER

On peut **juxtaposer ou coordonner** non seulement des propositions indépendantes, mais aussi des propositions subordonnées ayant la même fonction.

II Analyser une proposition subordonnée

1 Identifier la nature d'une subordonnée

■ Pour identifier la nature d'une subordonnée, il faut **observer le subordonnant**.

Mot subordonnant	Nature de la subordonnée
conjonction de subordination *que, quand, comme*...	subordonnée conjonctive « Je sais seulement [**qu'**il **est** l'homme du monde le plus malheureux et le plus à plaindre]. » La Fayette

mot interrogatif *si, ce que, comment, pourquoi…*	subordonnée interrogative indirecte « Je ne sais [**si** je m'abuse], mais il me semble que le véritable amour est le plus chaste de tous les liens. » Rousseau
pronom relatif *qui, que, dont, où, lequel…*	subordonnée relative « Et mon âme abattue Cède au coup [**qui** me tue]. » Corneille
pas de mot subordonnant	subordonnée participiale : sujet + participe « Et [le souper fini], nous nous fûmes coucher. » Molière
	subordonnée infinitive : sujet + infinitif « On entendait juste [l'eau du robinet s'écouler sur des fraises dans une passoire]. » Ernaux

À NOTER
Parmi les mots subordonnants, seul le **pronom relatif** exerce une fonction au sein de la proposition subordonnée.

2 Identifier la fonction d'une subordonnée

■ Pour identifier la fonction d'une subordonnée, il faut s'interroger sur son rôle. Voici les fonctions principales que peut remplir une subordonnée, selon sa nature.

Nature de la subordonnée	Fonction
conjonctive → FICHE 15	sujet, complément d'objet => subordonnée complétive
	complément circonstanciel => subordonnée circonstancielle
interrogative indirecte → FICHE 16	COD
relative (adjective) → FICHE 14	épithète ou apposée
participiale	complément circonstanciel
infinitive	COD

14 Les propositions subordonnées relatives

Une proposition subordonnée relative est introduite par un pronom relatif. Elle joue le plus souvent le même rôle qu'un adjectif dans un groupe nominal.

I Repérer une proposition subordonnée relative

1) Reconnaître un pronom relatif

- Le pronom relatif peut être **simple** (*qui, que, quoi, dont, où*) ou **composé** (*lequel, auquel, duquel…*).
- Sa **forme** varie selon la fonction qu'il occupe dans la relative.

Fonctions	Formes	Exemple
sujet	*qui, lequel*	« Et mon âme abattue Cède au coup [**qui** me tue]. » Corneille
• **COD** • **attribut du sujet**	*que*	« Toute faute [**qu'**on fait] est un cachot [**qu'**on s'ouvre]. » Hugo
COI introduit par *à*	*à qui, à quoi, auquel*	« Il y avait en Westphalie un jeune garçon [**à qui** la nature avait donné les mœurs les plus douces]. » Voltaire
complément (COI, C. du nom…) **introduit par *de***	*dont, duquel*	« L'art est une démonstration [**dont** la nature est la preuve]. » Sand
complément (COI, CC) **introduit par une autre prép.**	*où*, prép. + *qui/quoi*, prép. + *lequel*	« Voilà l'état [**où** sont les choses] à l'heure que je vous parle. » La Fayette

CONSEIL
Distinguez bien le pronom relatif ***que*** (*Le chat **que** je vois.*) de la conjonction de subordination ***que*** qui introduit une proposition conjonctive (*Je vois **que** ce chat*).

2) Identifier l'antécédent du pronom relatif

L'antécédent est le mot ou le groupe de mots que remplace un pronom relatif.

- Si le pronom relatif a **un antécédent** (nom, GN ou pronom), la relative est **adjective**.

> « Je forme une entreprise [**qui** n'eut jamais d'exemple], et [**dont** l'exécution n'aura point d'imitateur]. » Rousseau
>
> Les pronoms relatifs « qui » et « dont » ont pour antécédent « une entreprise », les deux relatives caractérisent le nom « entreprise » comme le ferait un adjectif.

- Si le pronom relatif n'a **pas d'antécédent**, la relative est **substantive**. Elle joue le même rôle qu'un GN.

> « [**Qui** ne voit pas la vanité du monde] est bien vain lui-même. » Pascal
> Le pronom relatif « qui » n'a pas d'antécédent ici. La relative équivaut à un GN.

À NOTER
Une relative substantive peut être également introduite par ***quiconque*** ou par ***ce que*** ou ***ce qui*** : « je ne puis refuser mon cœur à tout **ce que** je vois d'aimable » (Molière).

II Déterminer la fonction d'une subordonnée relative

1 La subordonnée relative adjective

- La relative adjective possède les **mêmes fonctions que l'adjectif** dans un GN.

Fonctions de la relative adjective

- **épithète** si elle détermine le nom et ne peut être supprimée sans changer le sens.
  « … il n'est point dans la nature de fuir les gens [**que** l'on aime] et [**qui** nous aiment] ! » Dumas
  [« les gens » = tout le monde ;
  « les gens que l'on aime et qui nous aiment » = certaines personnes]

- **apposée** si elle a une valeur descriptive ou explicative, et peut être supprimée sans changer le sens.
  « En promenade, il causait avec le domestique, [**qui** était de la campagne comme lui]. » Flaubert
  [« le domestique »
  = « le domestique qui était de la campagne comme lui »]

2 La subordonnée relative substantive

- La relative substantive possède les **mêmes fonctions qu'un GN**.
Elle peut donc être sujet, COD, COI, CC, etc.

> « Choisis [**qui** tu voudras], Chimène, et choisis bien. » Corneille
> La subordonnée relative est COD du verbe « choisis ».

III Étudier le mode dans la subordonnée relative

- La relative est le plus souvent à l'**indicatif**.
- Le **subjonctif** apparaît quand l'existence de la chose désignée n'est pas certaine.

Je cherche un endroit qui me **plaît**. [Un tel endroit existe.]

Je cherche un endroit qui me **plaise**. [On ne sait pas si un tel endroit existe.]

15 Les propositions subordonnées conjonctives

Une proposition subordonnée conjonctive est introduite par une conjonction de subordination. Selon la fonction qu'elle occupe, elle est complétive ou circonstancielle.

I Analyser une subordonnée conjonctive complétive

1 Reconnaître une conjonctive complétive

■ Une subordonnée conjonctive complétive est introduite par la conjonction de subordination ***que*** ou les locutions conjonctives ***à ce que***, ***de ce que***.

Il me semble parfois [**que** je n'existe pas vraiment].

Je m'attends [**à ce qu**'elle m'annonce une catastrophe].

2 Indiquer sa fonction

■ Comme son nom l'indique, la subordonnée conjonctive complétive est le plus souvent **COD ou COI**.

« Je sens [**que** des oiseaux sont ivres
D'être parmi l'écume inconnue et les cieux] ! »
Mallarmé

La subordonnée est COD. On ne peut pas la supprimer, mais on peut la transformer en pronom personnel COD (Je le sens !).

À NOTER
Une conjonctive complétive peut être aussi sujet (***Qu****'il vienne serait une belle surprise*) ou complément d'une forme impersonnelle (*Il faut* ***que*** *tu viennes*).

II Analyser une subordonnée conjonctive circonstancielle

1 Reconnaître une conjonctive circonstancielle

■ Une subordonnée conjonctive circonstancielle équivaut à un **GN complément circonstanciel**. Comme lui, elle peut être supprimée.

2 Préciser la circonstance exprimée

Circonstance	Conjonction de subordination	Exemple
temps	*quand, avant que…*	« Ah ! [**Quand** je vous parle de moi], je vous parle de vous. » Hugo
but	*pour que, afin que… de peur que…*	«… [**pour que** vous vous intéressiez à moi], il faut que je vous parle de vous. » Duras

cause	*parce que, puisque, comme…*	« [**Parce que** vous êtes un grand seigneur], vous vous croyez un grand génie ! » Beaumarchais
conséquence	*de sorte que, si bien que, tellement… que…*	« C'était **tellement** simple et probable [**que** tout le monde en fut d'accord]. » Maupassant
comparaison	*comme, autant que…*	« Il pleure dans mon cœur [**Comme** il pleut sur la ville] » Verlaine
opposition concession	*alors que, tandis que* *bien que, quoique…*	« [**Quoiqu**'elle fût dans une extrême jeunesse], l'on avait déjà proposé plusieurs mariages. » La Fayette
condition	*si, à condition que, à supposer que…*	« [**Si** mon ouvrage est bon], il vous fera plaisir ; [**s**'il est mauvais], il ne fera point de mal. » Diderot

CONSEIL
Distinguez la **conjonction *si*** introduisant une subordonnée CC de condition (***Si** elle vient, nous la verrons*) et l'**adverbe interrogatif *si*** introduisant une interrogative indirecte (*Je me demande **si** elle vient*).

III Étudier le mode dans une subordonnée conjonctive

- Le verbe d'une subordonnée conjonctive est **à l'indicatif ou au subjonctif**. Le subjonctif apparaît pour signaler que l'action est seulement envisagée.
- Pour **justifier l'emploi du mode**, on analyse – selon le type de conjonctive – le verbe principal ou le mot subordonnant.

Subordonnée	Mot observé	Exemple
conjonctive complétive	le verbe dont la subordonnée est complément	« Burrhus, dans ce palais je **veux** [qu'on la retienne]. » Racine [Le verbe principal exprime la volonté → subordonnée au subjonctif.]
conjonctive circonstancielle	le mot subordonnant	« Une minute plus tard, [**sans que** nous eussions échangé d'autres paroles], elle pleurait… » Colette [*Sans que* est suivi du subjonctif.]

16 L'interrogation

Une interrogation peut être directe ou indirecte (selon sa construction syntaxique), totale ou partielle (selon sa portée sémantique). Elle peut appeler une réponse ou non (quand on l'étudie sur le plan pragmatique).

I Distinguer l'interrogation directe et l'interrogation indirecte

1 Reconnaître une interrogation directe

■ On parle d'interrogation directe quand la phrase se termine par un **point d'interrogation**.

■ Cette phrase présente alors souvent une **inversion de l'ordre sujet-verbe**. Mais il faut distinguer deux types d'inversion :
– l'inversion simple (verbe + sujet inversé) ;

« Comment peut-on être persan ? » Montesquieu

– l'inversion complexe (sujet + verbe + pronom de reprise du sujet).

Comment Orgon peut-il être aveugle à ce point ?

À NOTER
On n'inverse pas le sujet :
– quand le pronom interrogatif *qui* est le sujet du verbe (« Qui remue là entre les branches ? », Musset) ;
– avec la locution *est-ce que* ;
– à l'oral, quand l'interrogation est simplement marquée par l'intonation.

2 Reconnaître une interrogation indirecte

■ On parle d'interrogation indirecte quand la question posée est **rapportée** sous la forme d'une **proposition subordonnée**. Celle-ci complète un verbe exprimant une demande d'information (*demander, ignorer, ne pas savoir*...).

Je me demande [**quelles** sont ses intentions].

II Distinguer l'interrogation totale et l'interrogation partielle

1 L'interrogation totale

■ L'interrogation est totale lorsque la question **porte sur l'ensemble de la phrase** et que la réponse attendue est oui ou non.

Cet événement modifiera-t-il le cours des choses ?

■ **Formulée de manière indirecte**, une interrogation totale devient une subordonnée interrogative indirecte introduite par l'adverbe interrogatif *si*.

On ne sait pas [**si** cet événement modifiera le cours des choses].

2) L'interrogation partielle

- L'interrogation est partielle lorsque la question **porte sur un élément de la phrase**. Elle est toujours introduite par un mot interrogatif, que l'interrogation soit directe ou indirecte.

  « **Qu'**entends-je ? **Qui** remue là entre les branches ? » Musset

  Je me demande **ce que** j'entends, **qui** remue là entre les branches.

- Les **mots interrogatifs** peuvent être classés selon leur nature.

Nature	Mots interrogatifs	Exemple
pronom	*qui, que, quoi, lequel…* *ce qui, ce que*	« Pour **qui** sont ces serpents qui sifflent sur vos têtes ? » Racine
déterminant	*quel* (accordé avec le nom auquel il se rapporte)	« J'ignore **quel** conseil prépara ma disgrâce » Racine
adverbe	*où, quand, comment, pourquoi, combien*	« Je ne sais **pourquoi**/ Mon esprit amer/ D'une aile inquiète et folle vole sur la mer. » Verlaine

CONSEIL
Distinguez bien le pronom interrogatif (*Je me demande **qui** parle*) et le pronom relatif (*Je ne connais pas la personne **qui** parle*). La relative peut être plus facilement supprimée.

III Étudier la dimension pragmatique d'une interrogation

Il faut se demander de quelle manière **l'interrogation agit** sur l'interlocuteur.

1) L'interrogation appelle une réponse

Une interrogation peut demander une **réponse de type oui/non** pour l'interrogation totale ou une **précision** pour l'interrogation partielle.

2) L'interrogation n'appelle pas de réponse

- Dans la question rhétorique, une **déclaration** est déguisée en interrogation.

  « Ah ! Fallait-il en croire une amante insensée ?
  Ne devais-tu pas lire au fond de ma pensée ? » Racine

- Un **ordre** peut aussi se présenter, de manière indirecte, sous forme de question.

  « – Êtes-vous de la rue ? – Oui, pourquoi ? – Pourriez-vous m'indiquer le numéro 7 ? » Hugo

  [Le locuteur n'attend pas une réponse en oui ou non, mais l'indication demandée.]

17 L'expression de la négation

Il faut distinguer la négation lexicale de la négation syntaxique et savoir comment chacune se forme.

I Distinguer la négation lexicale et la négation de phrase

1 La négation lexicale

■ Elle consiste à former le **contraire d'un mot** (antonyme), en utilisant :
- un **préfixe** privatif : **a**pesanteur, **dé**plaisant, **il**logique, **mal**heureux**...**
- l'adverbe *non* avec un trait d'union : la **non**-violence, **le non**-respect devant un substantif.

2 La négation de phrase

■ Elle consiste à exprimer le **contraire d'une phrase positive**, à l'aide d'un adverbe négatif associé ou non à d'autres mots.

Négation = un seul mot	adverbe ***ne*** dans des formules figées et avec les verbes *oser, pouvoir, savoir...* « Les vers chantent pour moi ce que dire je **n'**ose. » Du Bellay
	adverbe **non** utilisé comme noyau d'une proposition « VLADIMIR. – Et ce n'est pas fini. ESTRAGON. – On dirait que **non**. » Beckett
Négation = locution négative	*ne* + adverbe (*pas, point, plus, guère, jamais...*) « On **ne** naît **pas** femme : on le devient. » Beauvoir
	ne + pronom (*rien, personne*) ou déterminant (*aucun, nul*) « Mon oncle, il **ne** faut jurer de **rien**, et encore moins défier **personne**. » Musset
	ne + conjonction de coordination *ni* «... je **ne** me pique **ni** de fermeté, **ni** de philosophie ; mon cœur me mène et me conduit... » Sévigné

À NOTER
En langage soutenu, un ***ne*, dit explétif**, peut être employé sans valeur négative dans certaines propositions subordonnées.
*Je crains qu'il **ne** vienne. = Je crains qu'il vienne.*

II Indiquer la portée d'une négation

1 La négation totale

■ La négation est totale quand elle nie un énoncé dans sa **totalité** en utilisant les adverbes ***ne… pas*** ou des variantes comme ***ne… point***.

« Va, je **ne** te hais **point**. » Corneille
[négation totale de la phrase « Je te hais. »]

2 La négation partielle

■ La négation est partielle quand elle porte sur **un des éléments** de la phrase.

Négation partielle portant sur…

- **un pronom**
  « Je **ne** demande **rien** à l'immense univers » Lamartine
  [négation de « Je demande quelque chose… »]
- **un déterminant**
  « **Aucun** homme **n'**a reçu de la nature le droit de commander aux autres. » Diderot
  [négation de « Certains hommes ont reçu… »]
- **un adverbe**
  « Rome **n'**est **plus** dans Rome, elle est toute où je suis. » Corneille
  [négation de « Rome est encore dans Rome… »]

3 La négation restrictive

■ Construite avec ***ne… que***, elle permet d'exprimer une exception.

« On **n'**est heureux **que** par des goûts et des passions satisfaites. » Du Châtelet

III Étudier les valeurs de la négation

On distingue trois valeurs.

■ La négation **descriptive** consiste simplement à nier quelque chose (valeur la plus courante).

■ La négation **polémique** répond à une phrase positive implicite ou présupposée.

« La démocratie, ce **n'**est **pas** la loi de la majorité, **mais** la protection de la minorité. » Camus
La phrase nie la définition traditionnelle « La démocratie est la loi de la majorité ».

■ La négation **métalinguistique** conteste l'usage d'un terme non pour le nier mais pour l'accentuer.

« Non, je **ne** t'aime **pas**. […] Je t'adore ! » Rostand

MÉMO VISUEL

1 Délimiter la subordonnée

- Repérer le **mot subordonnant** qui introduit la proposition (hors le cas d'une infinitive ou d'une participiale).
- Vérifier que la proposition relevée comprend un **verbe noyau** associé à un sujet.

ANALYSER

4 Analyser le mode du verbe dans la subordonnée

Dans une subordonnée conjonctive ou relative, le verbe peut être **à l'indicatif ou au subjonctif**.

À l'indicatif Les faits sont présentés comme certains.	**Au subjonctif** Les faits sont seulement envisagés.
Ex. : « [Parce que vous êtes un grand seigneur], vous vous croyez un grand génie ! » Beaumarchais	Ex. : « Burrhus, dans ce palais je veux [qu'on la retienne]. » Racine

NE PROPOSITION
UBORDONNÉE

2 Indiquer la nature de la subordonnée

Mot subordonnant	Nature de la subordonnée
conjonction de subordination *que, quand, comme…*	conjonctive
mot interrogatif *si, ce que, comment, pourquoi…*	interrogative indirecte
pronom relatif *qui, que, dont, où, lequel…*	relative
pas de mot subordonnant	participiale infinitive

3 Indiquer la fonction de la subordonnée

La subordonnée complète…	Fonction de la subordonnée
un nom	épithète ou apposée
un verbe (de manière obligatoire)	complément d'objet
une phrase (de manière facultative)	complément circonstanciel (de temps , de cause, de but…)

Une subordonnée complément d'objet est dite **complétive**.
Sa nature peut varier : conjonctive, interrogative indirecte ou infinitive.

OBJECTIF BAC

La première partie de l'épreuve orale du bac de français se clôt par une question de grammaire portant sur une phrase du texte que vous aurez expliqué. Vous avez deux minutes pour y répondre.

Voici cinq questions de grammaire types sur des extraits de *Manon Lescaut*.

1 Analyser une proposition subordonnée relative

→ FICHE 14

Dans la phrase, relevez et analysez la proposition subordonnée relative.

« Il m'interrompit encore, voyant que je parlais avec une ardeur qui ne m'aurait pas permis de finir si tôt. »

LES CLÉS POUR RÉUSSIR

1 Délimitez la subordonnée relative

Aidez-vous de cette trame de réponse :
- La proposition subordonnée relative est : ...
- Elle est organisée autour du verbe ...
- Elle est régie par la proposition ...
- Elle est introduite par le pronom relatif ...

2 Cherchez l'antécédent du pronom relatif

- Le pronom relatif représente un GN : lequel ?
- La proposition relative caractérise ce GN.

Vous pouvez en déduire qu'elle est adjective (et non substantive).

3 Précisez les fonctions de la relative et du pronom relatif

- Cette proposition relative adjective est-elle épithète ou apposée ? Observez la ponctuation.
- Remplacez le pronom relatif par son antécédent pour trouver sa fonction.

2 Analyser une subordonnée conjonctive circonstancielle

→ FICHE 15

Dans la phrase, relevez et analysez la proposition subordonnée conjonctive circonstancielle.

« Quoique je ne fusse pas sorti de mon irrésolution sur le lieu de notre retraite, je ne laissais pas d'avoir deux espérances, sans lesquelles j'aurais préféré la mort à l'incertitude de ce qui pouvait arriver à Manon. »

LES CLÉS POUR RÉUSSIR

1 Délimitez la subordonnée conjonctive circonstancielle	Aidez-vous de cette trame de réponse : ▸ On relève cette subordonnée : … ▸ Elle est introduite par la conjonction de subordination … et organisée autour du verbe … ▸ Elle dépend de la proposition principale …
2 Précisez la circonstance exprimée	▸ Quelle circonstance exprime la subordonnée (cause, conséquence, concession, condition…) ? ▸ Si possible, remplacez-la par un GN exprimant la même circonstance.
3 Commentez le mode du verbe	▸ Analysez le verbe de la subordonnée : est-il à l'indicatif ou au subjonctif ? ▸ Justifiez le mode.

3 Analyser une interrogation directe

→ FICHE 16

Analysez ces phrases interrogatives.

« Répondrez-vous que le terme de la vertu est infiniment supérieur à celui de l'amour ? Qui refuse d'en convenir ? »

LES CLÉS POUR RÉUSSIR

1 Expliquez pourquoi la phrase est une interrogation directe	Aidez-vous de cette trame de réponse : ▸ Les phrases se terminent par un point d'interrogation : il s'agit donc bien d'interrogations directes. ▸ On observe également dans la première phrase que l'ordre sujet-verbe est inversé selon une inversion simple : …
2 Analysez la portée de l'interrogation	▸ Les interrogations sont-elles totales ou partielles ? ▸ Dans le cas d'une interrogation partielle, quelle est la nature du mot interrogatif ?
3 Commentez la dimension pragmatique	▸ L'interrogation appelle-t-elle une réponse ou correspond-elle à un acte de langage indirect (déclaration ou ordre déguisés en interrogation) ?

4 Analyser une interrogation indirecte

→ FICHE 16

Dans la phrase, relevez et analysez deux interrogations indirectes.

« Je lui demandai ce qui l'amenait à Amiens, et si elle y avait quelques personnes de connaissance. »

LES CLÉS POUR RÉUSSIR

1 Repérez l'interrogation indirecte

Aidez-vous de cette trame de réponse :
- Dans cette phrase complexe, le verbe principal ... exprime une double demande d'information ; il est suivi de deux subordonnées interrogatives indirectes COD, introduites par .... et par...
- Elles correspondent à ces interrogations directes : ...

2 Analysez la portée de l'interrogation

- Pour l'interrogative introduite par la conjonction « si », la réponse attendue est oui ou non, et l'interrogation totale.
- Dans le cas d'une interrogation partielle, cherchez la nature du mot interrogatif.

3 Étudiez la concordance des temps

- Le verbe principal est-il au présent ou au passé ?
- À quel temps de l'indicatif est alors le verbe de la subordonnée pour exprimer un fait antérieur/contemporain/postérieur à celui exprimé par le verbe principal ?

5 Analyser l'expression de la négation

→ FICHE 17

Analysez l'expression de la négation dans la phrase.

« On ne saurait les expliquer aux autres, parce qu'ils n'en ont pas l'idée. »

LES CLÉS POUR RÉUSSIR

1 Distinguez la négation lexicale et la négation syntaxique

Aidez-vous de cette trame de réponse :
- La phrase est négative du fait de la présence de ...
- Il s'agit d'une négation syntaxique et non d'une négation lexicale.

2 Analysez la portée de la négation

- La négation est-elle totale, partielle ou restrictive ?
- Dans les deux premiers cas, justifiez votre réponse en indiquant de quelle phrase positive la phrase négative exprime le contraire.

3 Étudiez la construction de la négation

- De quels mots la locution négative est-elle composée ?
- Quelle est la nature du second terme ?
- Commentez leur place dans la phrase.

CORRIGÉS

OBJECTIF BAC

1 Analyser une proposition subordonnée relative

- Proposition subordonnée relative : « qui ne m'aurait pas permis de finir si tôt ». Elle est organisée autour du verbe « aurait permis » et régie par la proposition conjonctive « que je parlais avec une ardeur ». Elle est **introduite par le pronom relatif** « qui ».
- « Qui » représente le GN « une ardeur », son **antécédent**. La proposition relative caractérise ce GN. Elle est donc **adjective**.
- Sa **fonction** est épithète du GN « une ardeur ». « Qui » occupe la fonction sujet dans la relative.

2 Analyser une subordonnée conjonctive circonstancielle

- On relève la **subordonnée conjonctive** circonstancielle : « Quoique je ne fusse pas sorti de mon irrésolution sur le lieu de notre retraite ». Elle est introduite par la conjonction de subordination « quoique » et organisée autour du verbe « fusse sorti ». Elle dépend de la proposition principale : « je ne laissais pas d'avoir deux espérances » et joue le rôle d'un **complément circonstanciel** dans la phrase (déplaçable et supprimable).
- Elle exprime la **concession** ; on peut la remplacer par un GN complément circonstanciel de concession : « malgré mon irrésolution ».
- Le verbe est au **subjonctif** ; l'action exprimée est simplement envisagée.

3 Analyser une interrogation directe

- Les phrases se terminent par un **point d'interrogation** : il s'agit d'interrogations directes. L'**ordre sujet-verbe** est **inversé** selon une inversion simple dans la première phrase, « répondrez-vous » ; ce n'est pas le cas de la seconde, « qui refuse ».
- Dans la première phrase, l'interrogation est **totale**, elle appelle une réponse en « oui » ou « non ». Dans la seconde, l'interrogation est **partielle**. En effet, la réponse attendue est du type « personne » (l'interrogation porte sur le sujet). Le mot interrogatif « qui » oriente la question ; c'est un pronom interrogatif.
- Le contexte permet de dire que les deux phrases sont des interrogations rhétoriques.

4 Analyser une interrogation indirecte

- Dans cette phrase complexe, le verbe principal « demandai » exprime une demande d'information ; il est suivi de deux subordonnées **interrogatives indirectes COD**, introduites par « ce qui » et « si ».

Elles correspondent à ces interrogations directes :

- *Qu'est-ce qui vous amène à Amiens ?*
- *Y avez-vous quelques personnes de connaissance ?*

- La première interrogation – **partielle** – porte sur le motif de la venue de Manon ; la réponse attendue est une explication. Le mot interrogatif qui introduit la subordonnée, « ce qui », est un pronom.

La seconde interrogation est **totale**, elle attend une réponse en « oui » ou « non ». Le mot interrogatif qui introduit la subordonnée, « si », est une conjonction.

- Le verbe principal est au passé simple. Les verbes des subordonnées sont à l'imparfait pour exprimer un fait simultané à celui exprimé par le verbe principal : c'est la concordance des temps.

5 Analyser l'expression de la négation

- Les deux propositions de la phrase sont négatives du fait de la présence de l'**adverbe** « ne » dans la principale, et de la **locution négative** « ne… pas » dans la subordonnée circonstancielle. Il s'agit d'une négation syntaxique et non d'une négation lexicale.
- La négation est **totale**. La phrase négative exprime en effet le contraire de cette phrase positive : « on saurait les expliquer aux autres, parce qu'ils en ont l'idée ».
- La locution négative comprend **deux mots**, l'élément « ne » (forme élidée devant le pronom « en ») et l'adverbe « pas », qui encadrent le verbe.

CONSEIL
Vous pouvez également commenter la **valeur de la négation**. Ici elle est simplement descriptive.

5 Analyser le thème du **parcours** « Personnages en marge, plaisirs du romanesque »

18 Marges et normes dans *Manon Lescaut*

La vie des deux personnages centraux du roman de l'abbé Prévost, Manon et Des Grieux, contrevient souvent aux lois. Ce sont ces aventures en marge des lois que Renoncour et le lecteur suivent avec plaisir.

I La marge et la norme

1) Être en marge

- L'expression « être en marge » suppose deux espaces : le premier au contenu stable et aux contours délimités ; le second, la marge, à la frontière du premier et sans limite extérieure.
- Est marginale toute personne ne suivant pas les codes, les normes admises par une société ou un groupe social. Connaître les normes d'un groupe permet donc d'en déterminer les marginaux.

2) Une norme difficile à cerner au XVIIIe siècle

- L'aristocratie a pour code l'honneur, la fierté du rang, la pureté de la lignée. Elle se considère au-dessus des autres classes sociales et s'accorde droits et privilèges, et ce plus encore à la Régence où les mœurs se libèrent.
- Pour justifier sa conduite, Des Grieux énumère à son père des exemples d'aristocrates qui entretiennent des maîtresses ou s'adonnent au jeu : il ne s'écarterait alors pas des pratiques devenues à la mode, donc de la norme.

À NOTER
Grâce à leur position sociale et à la protection du Régent dont ils partagent les excès, les **roués** se livrent en toute impunité à des actions jugées auparavant scandaleuses.

II Deux manières d'être en marge

1) Manon, une fille en marge de la société

- De naissance commune, Manon n'appartient pas au monde de Des Grieux. Elle ne peut y avoir accès, pas même par le mariage.
- Sans famille honorable (un frère escroc) ni lieu propre (elle dépend de ses amants), son statut de marginale se confirme peu à peu jusqu'à la déportation, rejet définitif du monde « normal ».

2) Des Grieux, une mise à la marge progressive

- Des Grieux est le parfait représentant du fils de bonne famille. Il a assimilé les codes de l'aristocratie : Renoncour distingue en lui, « au premier coup d'œil, un homme qui a de la naissance et de l'éducation ».

- Il joue sur les frontières entre les mondes. Marginalisé par sa relation avec Manon et sa fuite du séminaire, il utilise les codes sociaux pour parvenir à ses fins : il escroque ainsi les gentilshommes, attendrit le lieutenant de police, le capitaine du bateau et le gouverneur de Louisiane.

À NOTER
L'**identification** du lecteur au personnage est souvent avancée pour expliquer l'intérêt d'un roman. Attention, ce n'est pas suffisant pour comprendre l'attachement que le lecteur porte aux deux héros.

- Bien qu'il triche, tue, s'évade, fasse évader, séquestre, c'est quand il se fâche avec son père et s'exile pour vivre avec une déportée qu'il rompt véritablement avec le monde qui était le sien.

III Une relation conflictuelle entre norme et marge

1 Un jeu d'oppositions constitutives du roman

- Le roman se construit autour de l'opposition entre la revendication des valeurs d'amour et de liberté, représentées par Manon et Des Grieux, et une société figée incarnée par les « pères », qu'ils soient bienveillants (le père du chevalier) ou licencieux (les amants de Manon).
- Pris entre ses anciennes valeurs et sa passion nouvelle, Des Grieux vit un conflit intérieur tel qu'il fait souvent appel à la mort comme ultime solution.

2 Suspension des conflits et rythme du récit

- En Louisiane, nos deux marginaux trouvent un monde à leur mesure : ils sont acceptés par l'autorité et par les habitants dont ils adoptent le mode de vie. Ils entrent dans la norme.
- Le récit s'essouffle alors, il n'y a plus rien à raconter : quelques pages suffisent pour rendre compte d'une année de vie. Puis le récit retrouve son rythme initial dans le nouveau conflit créé par l'opposition du gouverneur au désir de mariage des héros.

zoom

Un personnage face à l'ennui

Emma Bovary, l'héroïne du roman de Flaubert *Madame Bovary* (1857), est un personnage qui s'ennuie. Mariée à un médecin de province, sa vie de petite bourgeoise est étriquée. Elle rêve de grandes passions et voudrait vivre les aventures hors normes qu'elle a lues dans des romans.

Isabelle Huppert interprète le personnage d'Emma Bovary dans le film de Claude Chabrol (1991).

19 Les plaisirs du romanesque dans *Manon Lescaut*

Comme Montesquieu ou Flaubert, de nombreux écrivains ont dit le plaisir qu'ils éprouvaient à lire le roman de l'abbé Prévost, tout en soulignant le caractère paradoxalement attachant des personnages.

I Les plaisirs du romanesque

1 Définition du romanesque

- Lc terme « romanesque » désigne tout ce qui est en relation avec le roman, mais il y a des **romans plus romanesques** que d'autres.
- On pourrait opposer le romanesque au réalisme, comme le sérieux s'opposerait à la fantaisie, à l'invraisemblable. Mais la définition semble insuffisante puisque Prévost ancre son roman dans **la réalité de la société du XVIIIe siècle**.
- E. Souriau, dans son *Vocabulaire d'esthétique* (1990), définit ainsi les **trois traits principaux du romanesque** : 1. Prédominance de l'affectif (intensité et noblesse des sentiments, place de l'amour et de l'amitié). 2. Densité des événements. 3. Fréquence des extrêmes (le très beau et le très laid, le sublime et l'infâme).

> **CITATION**
> Georges Perec définit le romanesque comme « le goût des histoires et des péripéties, l'envie d'écrire des livres qui se dévorent à plat ventre sur son lit ».
> « Notes sur ce que je cherche », posthume (1985).

2 Le plaisir du lecteur

- Comme La Fontaine au XVIIe siècle ou Voltaire au XVIIIe siècle, Prévost suit le précepte du poète latin Horace ***placere et docere*** (« plaire et instruire ») : « C'est rendre, à mon avis, un service considérable au public que de l'instruire en l'amusant. » (« Avis de l'auteur »)
- Il s'agit donc d'**amuser le lecteur**, pour mieux le **convaincre** de ne pas suivre le chemin de Des Grieux. Mais comment s'assurer du plaisir du lecteur ? En passant par l'**art du récit**, l'invention de personnages et en guidant le lecteur dans son approche du roman. C'est la fonction de Renoncour, qui a « écouté avec plaisir » cette aventure, qu'il qualifie « des plus extraordinaires et des plus touchantes ».

II *Manon Lescaut,* un roman romanesque

1 Les trois traits principaux du roman romanesque

- **Prédominance de l'affectif** : roman d'amour, *Manon Lescaut* est aussi le roman de l'amitié (Tiberge). Tout est sentiment, qu'il soit exprimé par les actions, les paroles ou les larmes abondantes des protagonistes du récit.
- **Densité des événements** : la brièveté du roman emporte le lecteur, dans un rythme de plus en plus soutenu, de lieu en lieu, d'amant en amant, de prison en prison.

■ **Fréquence des extrêmes** : à la passion extrême, naïve et vraie, de Des Grieux pour Manon s'oppose le monde malsain des débauchés qui monnayent l'amour. La beauté des cœurs et des corps s'oppose à la laideur des sentiments et des pratiques, la pauvreté et l'insouciance, à la richesse et au calcul.

CITATION

« Ce qu'il y a de fort dans *Manon Lescaut*, c'est le souffle *sentimental*, la naïveté de la passion qui rend les deux héros si vrais si sympathiques, si *honorables*, quoiqu'ils soient fripons. »

Flaubert, *Correspondance* (1853).

2 Un quatrième trait : l'attirance pour la marge

■ Prévost l'écrit dans son « Avis », Des Grieux est l'exemple de ce qu'il ne faut pas faire (un **contre-exemple**), mais n'est **pas un personnage monstrueux**. Le lecteur désirerait peut-être, lui aussi, éprouver une forte passion pour une mystérieuse Manon et passer les barrières de la normalité.

■ Les passions interdites, inaccessibles au commun des mortels, renvoient aux grandes scènes du **théâtre tragique** (dilemmes, excès, personnages ni tout à fait mauvais ni tout à fait bons), mais qui sont rendues plaisantes par la gaieté de Manon, son goût pour la **comédie** et par de nombreux détails comiques.

zoOm

Un aventurier malhonnête mais attachant

Au XVIIIe siècle, un jeune Irlandais se bat en duel pour une histoire d'amour, est contraint à l'exil, s'engage dans l'armée britannique, déserte, s'engage dans l'armée prussienne, devient espion, joueur professionnel, change de camp, épouse lady Lyndon… Telle est l'histoire de Barry Lyndon, héros du roman picaresque de W. M. Thackeray, *Mémoires de Barry Lyndon* (1844), que Stanley Kubrick adapte au cinéma en 1975.

20 Texte écho 1. Gustave Flaubert, *Madame Bovary*

La jeune Emma, à peine sortie du couvent, épouse Charles Bovary, médecin de campagne plus âgé qu'elle et veuf. Elle découvre vite à quel point son mari est un personnage ennuyeux, loin de correspondre à l'image romanesque qu'elle se faisait de l'amour.

Il se portait bien, il avait bonne mine ; sa réputation était établie tout à fait. Les campagnards le chérissaient parce qu'il n'était pas fier. Il caressait les enfants, n'entrait jamais au cabaret, et, d'ailleurs, inspirait de la confiance par sa moralité. Il réussissait particulièrement dans les catarrhes[1] et maladies de poitrine. Craignant beaucoup de tuer son monde, Charles, en effet, n'ordonnait guère que des potions calmantes, de temps à autre de l'émétique[2], un bain de pieds ou des sangsues. Ce n'est pas que la chirurgie lui fît peur ; il vous saignait les gens largement, comme des chevaux, et il avait pour l'extraction des dents une *poigne d'enfer*.

1. Un homme médiocre

Comment la médiocrité de Charles Bovary est-elle mise en avant ?

Enfin, *pour se tenir au courant*, il prit un abonnement à la *Ruche médicale*, journal nouveau dont il avait reçu le prospectus. Il en lisait un peu après son dîner ; mais la chaleur de l'appartement, jointe à la digestion, faisait qu'au bout de cinq minutes il s'endormait ; et il restait là, le menton sur ses deux mains, et les cheveux étalés comme une crinière jusqu'au pied de la lampe. Emma le regardait en haussant les épaules. Que n'avait-elle, au moins, pour mari un de ces hommes d'ardeurs taciturnes qui travaillent la nuit dans les livres, et portent enfin, à soixante ans, quand vient l'âge des rhumatismes, une brochette de croix[3], sur leur habit noir, mal fait. Elle aurait voulu que ce nom de Bovary, qui était le sien, fût illustre, le voir étalé chez les libraires, répété dans les journaux, connu par toute la France. Mais Charles n'avait point d'ambition ! Un médecin d'Yvetot, avec qui dernièrement il s'était trouvé en consultation, l'avait humilié quelque peu, au lit même du malade, devant les parents assemblés. Quand Charles lui raconta, le soir, cette anecdote, Emma s'emporta bien haut contre le confrère. Charles en fut attendri. Il la baisa au front

2. Un homme sans ambition

Repérez les trois étapes de ce passage et observez comment Charles Bovary se fait de plus en plus décevant.

1. Catarrhes : rhumes. **2. Émétique :** médicament qui provoque le vomissement. **3. Croix :** médailles attribuées par l'Académie des sciences, par exemple.

avec une larme. Mais elle était exaspérée de honte, elle avait envie de le battre, elle alla dans le corridor ouvrir la fenêtre et huma l'air frais pour se calmer.

– Quel pauvre homme ! quel pauvre homme ! disait-elle tout bas, en se mordant les lèvres.

Elle se sentait, d'ailleurs, plus irritée de lui. Il prenait, avec l'âge, des allures épaisses ; il coupait, au dessert, le bouchon des bouteilles vides ; il se passait, après manger, la langue sur les dents ; il faisait, en avalant sa soupe, un gloussement à chaque gorgée, et, comme il commençait d'engraisser, ses yeux, déjà petits, semblaient remonter vers les tempes par la bouffissure de ses pommettes.

Gustave Flaubert, *Madame Bovary* (1857).

3. « Quel pauvre homme ! »

Montrez en quoi la dernière touche du portrait discrédite totalement le mari d'Emma Bovary.

LÉGENDE

Termes montrant que :

- le portrait de Charles passe en partie par les yeux d'Emma.
- les espoirs d'Emma se heurtent à la réalité.

Méthode

Faire une première analyse du texte

1 Un homme médiocre

- Montrez comment, dans le portrait de Charles Bovary, ce qui pourrait être positif devient négatif.
- Comment le narrateur se moque-t-il de son personnage ?

2 Un homme sans ambition

- Que nous apprend le passage au discours indirect libre (l. 18-25) sur les aspirations d'Emma ?
- Quel est l'intérêt de l'emploi du passé simple (l. 28 -33) ?

3 « Quel pauvre homme ! »

- Étudiez la syntaxe et le rythme de ce petit paragraphe.

Conclusion

- Montrez que ce portrait, vu essentiellement par le regard d'Emma, est celui d'un homme décevant en tout point et désespérément normal.

→ Exercice d'explication orale du texte, p. 90.

21 Texte écho 2. Albertine Sarrazin, *L'Astragale*

Pendant l'absence de Julien, son amant, Anne se prostitue et fait un casse. Un de ses clients, Jean, s'est pris d'affection pour elle et l'héberge. Elle arrive chez lui en larmes parce qu'elle vient de se faire voler une partie du butin qu'elle avait caché dans son ancienne planque.

J'aperçois sur la tablette de la cuisine-placard plusieurs petits paquets, les uns crissants – les gâteaux –, les autres commençant à se graisser et à couler – les trucs du traiteur. À la vue de ces préparatifs, des yeux interrogateurs de Jean, je fonds en hoquets, je marche jusqu'à lui et je me laisse entourer de ses bras, embrasser et lisser les cheveux.

La chemise de Jean sent la lessive, la sueur savonnée ; il continue à me caresser la tête, machinal et appliqué, en répétant :

– Mais qu'est-ce qu'il y a ? Qu'est-ce qu'on t'a fait, dis ? Je ne t'avais jamais vue pleurer !...

– Eh bien, tu pourras plus le dire. Ça te plaît, hein, de me voir caner[1] !

– Mais non... Je suis là, je t'aiderai, dis-moi...

Je jette sur le divan le journal sale : les billets épinglés par dix, glissent jusqu'au sol comme un jeu de cartes, triomphe, Rolande[2]... Ce serait le moment, tiens : avec quelques mois de retard, à ma cheville[3] près, je suis telle que je me rêvais pour ce rendez-vous. Seulement il y a ma cheville.

M'être amochée aussi salement, avoir été si miraculeusement rescapée et rafistolée, c'est un signe, le prélude et la condition de quelque chose, une chose beaucoup plus importante qu'un amour frelaté éclos en cabane et à demi-mort d'oubli.

Jean ouvre des chasses[4] comme des soucoupes : il n'a pas dû voir souvent autant de braise[5] éparpillée sur sa descente de lit. Je pousse les dernières liasses pour qu'elles tombent par terre avec les autres, je mets un disque sur le plateau de l'électrophone, je pousse la puissance au maximum pour embrouiller les logeuses et je dis à Jean :

– Viens t'asseoir ! Tu marches, tu tournes, tu vires... C'est « ça » qui t'excite ? Peuh, moi ça me fait pleurer, tiens.

1. Un moment-clé
Comment le personnage oscille-t-il entre agressivité et découragement ? (Soyez attentif au lexique employé.)

2. L'explication
Quel est l'intérêt de raconter les événements dans l'ordre inverse de leur déroulé temporel ?

1. Caner : avoir peur. **2. Triomphe :** verbe à l'impératif. Anne s'est évadée pour rejoindre Rolande, son amie libérée de prison avant elle. **3.** Anne s'est brisé l'astragale (un os du pied) en s'évadant. **4. Chasses :** yeux. **5. Braise :** argent.

Je pose mes billets sur les billets, je laisse Jean reprendre le lissage de ma tête, et je raconte tout : ce qui s'est passé depuis mon retour de la côte[6], je remonte avant la côte, avant lui, Julien, la patte brisée, l'évasion, la tôle, les assises. Un long silence s'installe, la main de Jean interrompt son va-et-vient et reste lourde, sur mon épaule. Je reprends :

– Tu sais, tu n'as qu'un mot à dire, et je refais ma valise : après tout, toi aussi, je te mouille… Moins que les autres, bien sûr : tu es… tu es mon client, et, pour le fichier des meublés, je n'existe pas. Mais comment raconter que je n'habite pas ici ? Il y a les affaires dans l'armoire, ma photo…

Je me penche en arrière pour arracher du cosy[7] la photo qui me représente, en maillot de bain, sur la plage : une photo d'ambulant que j'avais envoyée à Jean depuis Nice, pour relais jusqu'à mon retour :

– Tu n'es pas fou de garder ça ? Je suis en cavale, tu comprends bien ce que ça veut dire ?

Albertine Sarrazin, *L'Astragale* (1965) © Pauvert, département Fayard.

3. L'attente de la réaction

Quel est le problème évoqué par Anne et qu'est-ce qui est passé sous silence ?

LÉGENDE

Termes par lesquels :

Anne renvoie au passé.

Anne évoque l'avenir.

6. Anne vient de prendre quelques jours de repos sur la côte d'Azur.
7. **Cozy :** Meuble à étagères dans lequel s'encastre un lit.

Méthode

Faire une première analyse du texte

1 Un moment-clé

- Comment se manifeste le désarroi de la narratrice ?
- Observez comment elle alterne action et réflexion.

2 L'explication

- Comment procède l'autrice pour ne pas ennuyer le lecteur par le récit des aventures d'Anne ?
- À quoi correspond le silence de Jean ?

3 L'attente de la réaction

- Pourquoi le passage au discours direct est-il plus long que toutes les autres prises de parole de l'extrait ?
- Comment comprenez-vous la dernière phrase de l'extrait ?

Conclusion

- Montrez qu'Anne, tout en affirmant son caractère marginal, laisse voir son épuisement.

→ **Explication orale du texte, p. 91.**

22 Quatre pistes pour des lectures cursives

Voici quatre œuvres en lien avec le parcours « Personnages en marge, plaisirs du romanesque ». Choisissez celle que vous aimeriez présenter lors la seconde partie de l'épreuve orale du bac de français.

I Mme de Lafayette, *La Princesse de Clèves* (1678)

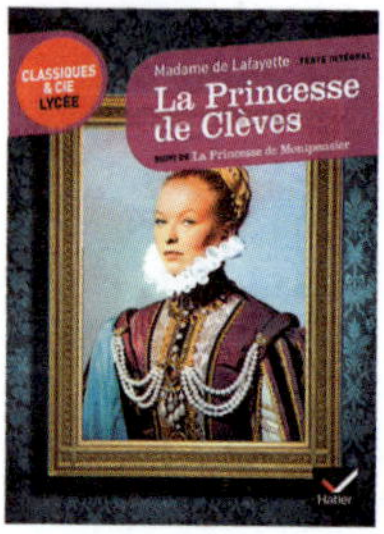

1 Présentation rapide

- Une jeune noble épouse le prince de Clèves. Peu après, elle rencontre le séduisant duc de Nemours. Vertueuse, elle reste fidèle à son mari, mais lui avoue ses sentiments pour le duc.
- Le prince meurt de chagrin. Veuve, elle pourrait vivre son amour pour Nemours, mais elle refuse et entre au couvent.

L'AUTRICE

Madame de La Fayette (1634-1693), bien introduite à la cour de Louis XIV, amie de la marquise de Sévigné, tient un salon littéraire et publie anonymement plusieurs romans.

2 Une femme qui se retire du monde

- La princesse de Clèves a toutes les qualités pour être acceptée à la cour et y mener une vie glorieuse. Son amour pour Nemours pourrait ne pas être un obstacle : bien des intrigues amoureuses se déroulent à la cour…
- Mais la haute conception qu'elle se fait de la fidélité due à son mari, même après sa mort, lui interdit de vivre cet amour. En choisissant le couvent, elle se met en marge d'une société à laquelle elle appartenait de plein droit.

II Swift, *Les voyages de Gulliver : Au pays de Lilliput* (1726)

1 Présentation rapide

- Après un naufrage, Gulliver arrive sur une île peuplée de personnes minuscules.
- D'abord craint par les Lilliputiens, il est utilisé par eux dans la guerre qui les oppose à un pays voisin.

L'AUTEUR

Jonathan Swift (1667-1745) est un écrivain et satiriste irlandais. Il prend part aux batailles littéraires et politiques de son époque.

2 Un naufragé

- Gulliver est un homme normal dans son monde ; dans celui des Lilliputiens, il devient plus qu'un géant : un monstre.
- Ce récit drôle et amusant permet de montrer la relativité des valeurs et de décrire les mœurs et coutumes d'un autre type de société.

III Camus, *L'Étranger* (1942)

1 Présentation rapide

■ Le récit commence par l'annonce abrupte de la mort de la mère de Meursault, se poursuit par le meurtre d'un Arabe et se clôt juste avant l'échafaud.

■ Aucun événement ne semble atteindre ce jeune employé qui se laisse ballotter par la vie plutôt que de chercher à en être maître.

> **L'AUTEUR**
> **Albert Camus** (1913-1960) est romancier, dramaturge et essayiste. Il s'engage dans la Résistance et prend part aux grands débats politiques et philosophiques qui ébranlent le XXe siècle.

2 Un inadapté

■ Meursault, le personnage narrateur, est doublement et involontairement un personnage en marge.

■ Involontairement, parce qu'il se laisse guider par les événements sans prendre aucune décision, ni se demander ce qu'il est bien ou mal de faire.

■ Doublement, tout d'abord parce qu'il est indifférent au monde qui l'entoure et dont il ne semble pas comprendre les règles ; ensuite, parce que, en devenant assassin, il devient un objet de haine pour ceux qui le rejettent et le jugent.

IV Sarrazin, *L'Astragale* (1965)

1 Présentation rapide

■ Le récit débute par l'évasion au cours de laquelle Anne se brise l'astragale (os du pied) et rencontre Julien. Puis on suit les aléas de leur amour et les difficultés d'une vie précaire.

■ Il se clôt au moment où Julien, sorti de prison, retrouve Anne, mais c'est elle qui est rattrapée par la police.

> **L'AUTRICE**
> **Albertine Sarrazin** (1937-1967), en révolte contre sa famille, fugue, devient délinquante et passe de nombreuses années en détention. Elle est connue pour deux romans : *L'Astragale* et *La Cavale*.

2 Une hors-la-loi

■ Anne, la narratrice, écrit, sans concession, le récit de sa relation avec Julien, un malfrat lui aussi emprisonné à de nombreuses reprises, qui tombe amoureux d'elle.

■ Le récit, largement autobiographique, s'inspire de la vie de l'autrice, faite d'emprisonnements et d'évasions, de braquages et de prostitution.

■ Cette vie en marge des lois et des bonnes mœurs est une vie choisie par les deux protagonistes. Malgré les difficultés, ils ne semblent pas la remettre en cause.

S'ENTRAÎNER

1 Mémoriser les idées-clés du cours

→ FICHES 18 et 19

Répondez oralement à ces questions de cours.

1. En quoi Manon est-elle un personnage en marge ?
2. Quels sont les trois traits principaux qui font de *Manon Lescaut* un roman romanesque ?

OBJECTIF BAC

Lors de la première partie de l'épreuve orale du bac de français, vous êtes interrogé(e) sur l'un des textes figurant dans votre liste.
Ce récapitulatif incluant des textes issus du parcours associé à *Manon Lescaut*, nous vous proposons un entraînement sur les deux extraits présentés dans les fiches 20 et 21 de ce chapitre.

2 Explication du texte écho 1 • *Madame Bovary*

→ FICHE 20

Le texte est en lien avec le thème du parcours. Expliquez-le.

LES CLÉS POUR RÉUSSIR

Situer l'extrait dans le parcours, le lire à voix haute

1 Situer l'extrait

- Faites le lien entre le thème du parcours associé à *Manon Lescaut* et le texte à expliquer.
- Aidez-vous du chapeau (paragraphe qui introduit l'extrait), p. 84.

2 Lire un passage à voix haute (l. 1-11)

- Lisez les huit premières lignes du premier paragraphe d'un ton un peu pesant (à l'image du personnage) et les trois dernières lignes (la dernière phrase) de manière plus rythmée.
- Mettez ainsi en évidence que ce qui est donné comme un trait positif est en fait une manière de se moquer des prétendues capacités du médecin.

Expliquer l'extrait

1 Formuler la problématique

- Qu'est-ce qui caractérise la présentation de Charles Bovary ?
- Vous pouvez vous appuyer sur la conclusion de la Méthode, p. 85.

2 Expliquer le texte en s'appuyant sur sa structure

- Délimitez trois parties dans l'extrait. Aidez-vous du découpage, p. 84-85.
- Commencez l'analyse de chaque partie en en indiquant la (ou les) caractéristique(s) majeure(s), étayez votre démonstration en vous appuyant sur le texte.

3 Conclure

- Répondez à la question de la problématique.
- Pour élargir, demandez-vous quel est le rapport de Charles Bovary à la marge et à la norme.

3 Explication du texte écho 2 • *L'Astragale*

→ FICHE 21

Le texte est en lien avec le thème du parcours. Expliquez-le.

CONSEIL

Pour bien lire cet extrait à voix haute, il faudrait prendre un ton un peu désabusé, et mettre un peu d'aigreur dans les réponses que fait la narratrice à Jean.

→ Méthode, p. 87.

4 Présentation de *L'Astragale* à l'oral

→ FICHE 22

Dans l'exercice qui suit, nous vous proposons de vous entraîner – en vue de l'oral – à présenter l'une des œuvres suggérées en lectures cursives.

Parmi les lectures cursives de votre récapitulatif figure *L'Astragale*. Présentez brièvement cette œuvre et exposez les raisons de votre choix.

5 Entretien à la suite de la présentation de *L'Astragale*

Une fois votre présentation terminée, l'examinateur vous pose des questions en prenant appui sur les éléments exposés. Il évalue vos capacités à dialoguer, à nuancer ou à étoffer votre réflexion, à défendre votre point de vue sur la base de la connaissance de l'œuvre.

1. Vous avez mis en relation les deux personnages de *L'Astragale* avec les deux héros de *Manon Lescaut*. Développez votre analyse.
2. Les deux récits sont à la première personne : en quoi cela rapproche-t-il ces deux romans ?
3. Peut-on parler d'un plaisir à être en marge ?

CORRIGÉS

S'ENTRAÎNER

1 Mémoriser les idées-clés du cours

1. On retrouve, dans *Manon Lescaut*, les trois caractéristiques du roman romanesque. La **prédominance de l'affectif** : les sentiments (amour, amitié) sont le moteur de l'action ; dans les relations amoureuses, ils sont poussés à l'**extrême** ; et le tout dans un roman **bref** au **rythme accéléré**.
2. Manon est un personnage en marge pour au moins **deux raisons**. De **condition modeste**, elle n'a pas sa place dans la vie du chevalier Des Grieux : leur mariage est impossible. En acceptant de **monnayer ses charmes**, elle se met elle-même au banc de la société. La déportation finale concrétise cette mise à la marge.

OBJECTIF BAC

Les corrigés des explications sont présentés sous forme de plans.

2 Explication du texte écho 1 • *Madame Bovary* (Flaubert)

Introduction

[Situation de l'extrait] La jeune Emma, à peine sortie du couvent, épouse Charles Bovary, médecin de campagne plus âgé qu'elle et veuf. Elle découvre vite à quel point son mari est un personnage ennuyeux, loin de correspondre à l'image romanesque qu'elle se faisait de l'amour. **[Problématique]** Comment ce portrait cruel, en partie vu par Emma, fait-il de Charles Bovary le contraire du héros romanesque ?

I. Un homme médiocre (l. 1-11, p. 84)

- **Les trois premières phrases semblent positives,** la quatrième restreint le domaine de compétence du médecin à des maladies insignifiantes : « catharres », « maladies de poitrine ».
- **Un caractère craintif** : négation restrictive (« ne guère »), énumérations de médications plutôt que de médicaments. « tuer son monde » = langage commun.
- **La formulation négative** « ce n'est pas que » + subjonctif + deux exemples ridicules censés montrer que la chirurgie ne lui fait pas peur = la chirurgie lui fait peur.

II. Un homme sans ambition (l. 12-33, p. 84-85)

- **Une désillusion.** « Enfin » semble annoncer un aspect positif, de même que « se tenir au courant », « mais » il s'endort dans une position animale : « cheveux étalés comme une crinière ».
- **Un vain idéal de gloire.** Discours indirect libre : portrait prototypique du savant qu'aurait pu être son mari et dont Emma aurait pu être fière. En écho : « étalé chez les libraires », « étalés comme une crinière ».

▸ **La réalité.** La phrase exclamative (l. 25) résume le portrait + déception d'Emma. L'anecdote : manque d'ambition et d'amour-propre. Passé simple : expression du désespoir d'Emma face au caractère de son mari.

III. « Quel pauvre homme ! » (l. 34-42, p. 85)

▸ **Une incompréhension entre les deux personnages.** Discours direct = sorte d'aparté. Ce qu'il prend pour de l'intérêt est la honte qu'elle ressent.

▸ **Un portrait catastrophique.** Ce n'est plus le portrait d'un médiocre médecin de campagne, mais celui ouvertement négatif d'un homme vieillissant dans l'intimité qu'il impose à sa femme.

▸ **Ses tics** (rendus presque audibles) sont énumérés dans une longue phrase à l'imparfait ; la dernière période, plus longue, se termine par l'expression « bouffissure de ses pommettes ».

Conclusion

▸ C'est un portrait cruel qui est fait de Charles Bovary. Comment aimer un tel homme, médiocre, sans ambition, heureux de sa petite vie, sans prise de risque ni panache, qui préfère le confort de la digestion à tout acte de bravoure ?

▸ Charles Bovary est l'exemple même du personnage ennuyeux (il représente la normalité), le contraire du personnage en marge sur lequel se fonde le plaisir romanesque.

> **À NOTER**
> Si **Tiberge et Charles Bovary** n'ont pas le charisme des personnages en marge, Tiberge a plus de force de caractère et de grandeur d'âme que ce médecin médiocre dont on lit le portrait désespérant.

3 Explication du texte écho 2 • *L'Astragale* (A. Sarrazin)

Introduction

[Situation de l'extrait] Pendant l'absence de Julien, son amant, Anne se prostitue et fait un casse. Un de ses clients, Jean, s'est pris d'affection pour elle et l'héberge. Elle arrive chez lui en larmes parce qu'elle vient de se faire voler une partie du butin qu'elle avait caché dans son ancienne planque. **[Problématique]** Comment Anne revendique-t-elle son caractère marginal tout en montrant sa difficulté à le vivre ?

I. Un moment-clé (l. 1-22, p. 86)

▸ **Description d'un petit chez-soi,** simple voire modeste => portrait de Jean cherchant à faire plaisir à Anne. Yeux « interrogateurs », gestes tendres = père voulant consoler un enfant malheureux.

▸ **Contraste entre la gentillesse de Jean** (attend ses confidences, s'étonne de son état, s'engage à l'aider) **et l'agressivité d'Anne** : reprise de « dis » par « tu ne pourras plus le dire », de « pleurer » par l'argot « caner ».

▸ **Comme si Anne se débarrassait d'un fardeau** : précisions (« journal sale », « billets épinglés par dix »), comparaison avec le jeu de cartes écroulé. Ironie triste : ce qui était son avenir n'est plus possible.

II. L'explication (l. 23-36, p. 86-87)

À NOTER

L'écriture d'Albertine Sarrazin est **elliptique** (tout n'est pas développé) et **incisive** (rapide, tranchante, qui va droit au but). Elle peut parfois troubler le lecteur.

- **Absence de regret.** Anne s'est évadée pour rejoindre Rolande, mais sa rencontre avec Julien change son destin : « salement » *versus* « miraculeusement ». L'« amour frelaté » passé, « à demi-mort d'oubli », s'oppose au futur innomé (« un signe, le prélude et la condition de quelque chose »).
- **Retour à l'action.** Vocabulaire familier : « chasses ». Verbes au présent et gestes de la narratrice. « embrouiller les logeuses » (ne doivent pas entendre l'explication d'Anne).
- **Retour au récit.** Flash-back : « je raconte tout » répond au « dis-moi » du début de l'extrait. En quelques lignes tout est dit.

III. L'attente de la réaction (l. 37-47, p. 87)

- **Le « long silence » de Jean** : arrêt du geste de réconfort et lourdeur de la main = suspens. Anne reprend la parole (discours direct).
- **Anne envisage les risques** qu'elle fait courir à Jean. Arguments et contre-arguments non développés. Hésitation sur le type de relation. Cruauté du mot « client ».
- **Opposition** entre relation banale de couple (photo de vacances envoyée de Nice comme « relais ») et réalité brutale de « la cavale ».

Conclusion

- Dans cet extrait se mêlent agressivité de la jeune délinquante, qui ne renie en rien ses actions, et épuisement dû à sa longue cavale. Exposer sa vie à Jean, c'est mettre les faits à distance et être en état d'accueillir le « prélude » à quelque chose d'autre.
- Dans les pages qui suivent cet extrait, elle vit avec Jean dans une sécurité ennuyeuse et continue à se prostituer pour affirmer sa liberté. Elle n'attend qu'une chose : retrouver Julien.

4 Présentation de *L'Astragale* à l'oral

I. Présentation

1. Une évasion à moitié réussie

- L'astragale est le nom d'un petit os du pied. C'est cet os que se brise la narratrice, Anne, en s'évadant de la prison où elle est incarcérée.
- Le roman, écrit pour une partie en prison par Albertine Sarrazin et publié en 1965, commence au moment où Anne, incapable d'aller plus loin que le talus où elle est tombée en sautant du mur d'enceinte, tente d'arrêter une voiture qui l'emmènerait loin de la prison.

2. Une vie de hors-la-loi

CONSEIL

N'entrez pas dans les détails de l'histoire. Une **vue d'ensemble** suffit : si votre examinateur est curieux du roman et veut en savoir plus, il vous posera des questions lors de l'entretien.

- C'est Julien, lui-même repris de justice, qui va la prendre en charge, la cacher dans une première planque et faire en sorte que son pied soit opéré.
- Une relation amoureuse se noue entre eux, faite d'attentes et de retrouvailles. On suit leurs aventures de planque en planque, d'arrestation en arrestation. Le roman se clôt sur l'arrestation de la narratrice, alors même que sa relation avec Julien se stabilisait.

II. Les raisons de mon choix

1. Une double lecture

- On peut lire ce roman comme une fiction qui met en scène une jeune délinquante et les vicissitudes de sa vie. Vie dont on pourrait tirer un film réaliste et un peu noir.
- Mais lorsque l'on sait que l'autrice narre des événements qu'elle a vécus, on le lit d'une autre manière, le personnage devient plus réel, plus vivant, plus attachant.

2. Un personnage attachant

- Anne se questionne autant qu'elle raconte. Elle ne se questionne pas sur la valeur morale de son comportement, nul repentir dans son récit. Elle s'interroge sur son rapport à la prison et sur la difficulté de se détacher des comportements qu'elle induit. « Ma liberté neuve m'emprisonne et me paralyse », écrit-elle paradoxalement.
- Comme Manon et son chevalier, elle devient attachante. Le lecteur craint pour elle (que va-t-il encore lui arriver ?). Bien qu'il ne puisse être d'accord avec ses actions (un peu comme l'écrivent Montesquieu ou Flaubert à propos de Manon et Des Grieux), il les lui pardonne pour sa jeunesse, sa vivacité et l'amour qu'elle porte à son sauveur ; un amour qui s'intensifie au fur et à mesure du récit. Ce n'est pas un hasard si son livre a rencontré un énorme succès dès sa sortie en librairie.

3. Un style très particulier

- Ce qui fait aussi le charme de la lecture, c'est le caractère souvent elliptique de l'écriture et l'usage d'une langue argotique et incisive. Un roman qui reste moderne et que l'on peut lire aujourd'hui avec plaisir.

5 Entretien à la suite de la présentation de *L'Astragale*

1. **Julien et Anne** sont jeunes (Anne a 19 ans) ; ils sont totalement en marge de la société, semble-t-il par choix. Dans le roman, rien n'est dit des raisons qui les ont poussés à mener cette vie, mais ils commettent leurs méfaits presque naturellement, sans se poser de question morale. Comme **Manon**, Anne se prostitue par nécessité sans que cela remette en cause son amour grandissant pour Julien.

2. - Une autre similitude est, en effet, le **récit à la première personne**. Pris en charge par le « je » de Des Grieux dans *Manon Lescaut* et par le « je » d'Anne dans *L'Astragale*, le récit laisse dans l'ombre les sentiments de l'autre : Manon dans un cas, Julien dans l'autre. Et c'est peut-être encore plus le cas de Julien, qui disparaît pendant des périodes plus ou moins longues pour, on le suppose, faire des casses dont le lecteur ne saura rien.
- Le récit à la première personne donne toute sa place à l'**introspection**. De l'ordre de la confession (entre culpabilité et tentative de disculpation) pour Des Grieux, il me semble que, pour *L'Astragale*, il s'agit plutôt d'une recherche de sens ; comme si Anne voulait recoudre ensemble des morceaux épars de sa vie autour de son histoire d'amour pour Julien. D'ailleurs, l'autrice dit de *L'Astragale* que c'est un « petit roman d'amour pour Julien ».

CONSEIL

Vous pouvez ajouter, si vous en avez le temps, que le récit à la première personne donne un **effet de réel**, et on ne sait, comme l'écrit Sainte-Beuve à propos de *Manon Lescaut* « où la réalité cesse, et où la fiction commence ».
Causeries du lundi, t. IX (nov. 1853).

3. On peut en effet parler d'un **plaisir à être en marge**. Mais ce n'est pas parce que les personnages trouveraient un plaisir extrême à commettre de mauvaises actions, qu'ils auraient le cœur noir et seraient fondamentalement mauvais (d'ailleurs, ils analysent très bien les comportements peu moraux des personnes qu'ils rencontrent), c'est plutôt qu'on a l'impression que la marge est pour eux la normalité. C'est le désir de vivre et la recherche du bonheur que l'on trouve ici, même si la souffrance de l'attente prend aussi une part importante dans le récit.

6 Traiter des sujets de **dissertation**

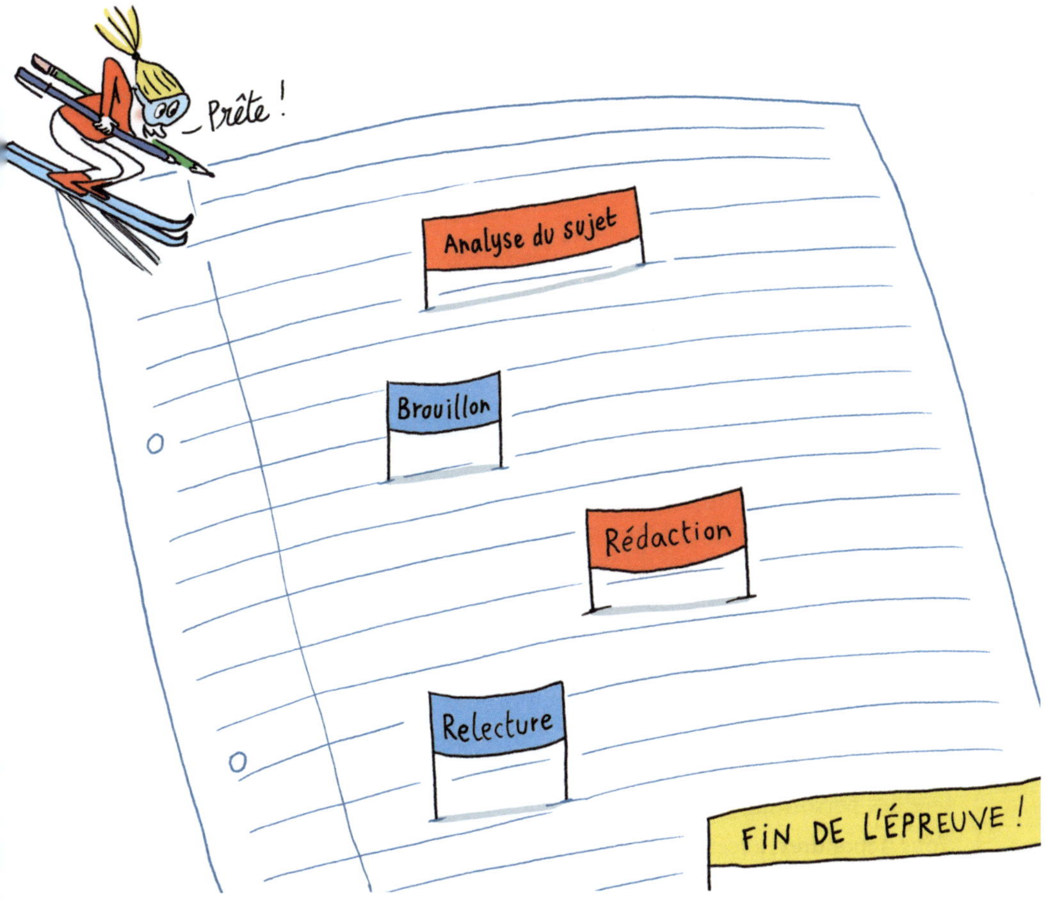

23 Analyser un sujet de dissertation

Si le roman est l'objet d'étude retenu pour l'écrit du bac de français, la dissertation portera sur Manon Lescaut *et le parcours « Personnages en marge, plaisirs du romanesque ».*
Attention, le focus du sujet pourra porter plutôt sur l'un ou l'autre des deux termes, mais il faudra toujours les mettre en relation.

I Trois sujets possibles

- Un sujet est composé de deux parties :
– une partie spécifique, incluant le questionnement (texte en bleu) ;
– une consigne générique vous invitant à répondre à la question posée ou à commenter le point de vue exprimé.

Sujet 1

« Je ne suis pas étonné que ce roman, dont le héros est un fripon et l'héroïne une catin [...] plaise, parce que toutes les actions du héros [...] ont pour motif l'amour qui est toujours un motif noble, quoique la conduite soit basse. » (Montesquieu, *Pensées*.) Dans quelle mesure cette réflexion de Montesquieu éclaire-t-elle votre lecture du roman de l'abbé Prévost, *Manon Lescaut* ?

Vous répondrez à cette question dans un développement organisé en vous appuyant sur le roman de l'abbé Prévost, *Manon Lescaut*, sur les textes que vous avez étudiés dans le cadre du parcours associé et sur votre culture personnelle.

Sujet 2

À votre avis, le plaisir romanesque tient-il à l'intrigue du roman ou au caractère des personnages ?

Vous répondrez à cette question dans un développement organisé en vous appuyant sur le roman de l'abbé Prévost, *Manon Lescaut*, sur les textes que vous avez étudiés dans le cadre du parcours associé et sur votre culture personnelle.

Sujet 3

Musset, dans un de ses poèmes, s'adresse à Manon en ces termes : « Tu m'amuses autant que Tiberge m'ennuie/ Comme je crois en toi ! Que je t'aime et te hais ! »

Vous expliquerez le point de vue de Musset dans un développement organisé en vous appuyant sur le roman de l'abbé Prévost, *Manon Lescaut*, sur les textes que vous avez étudiés dans le cadre du parcours associé et sur votre culture personnelle.

II Opérer une première analyse du sujet

Il vous faut prendre connaissance du sujet de manière méthodique en vous posant les questions suivantes.

1. Quelle est la forme du sujet : **question** ou **citation** sur l'œuvre ?
2. Sur quoi porte le focus (quelle partie du parcours le sujet pointe-t-il) ?
3. Quelle **question** pose le sujet dans la perspective du parcours ? Bien identifier la question permet de cerner la problématique.
4. Dois-je **prendre position** (plan dialectique) ou **expliciter** (plan thématique) ?

III Analyser les termes du sujet

Après cette première analyse globale du sujet, vous devez expliciter précisément les mots-clés de la citation et/ou de la question. Prenons l'exemple du sujet 3.

Sujet 3

Musset, dans un de ses poèmes, s'adresse à Manon en ces termes : « Tu m'amuses autant que Tiberge m'ennuie / Comme je crois en toi ! Que je t'aime et te hais ! »

Deux personnages opposés : le moral Tiberge et l'immorale Manon. L'un est porteur d'ennui, l'autre de fantaisie.

Expression à double sens :
- croire au personnage de Manon (bien composé, crédible) ;
- croire en la sincérité de son amour.

En s'adressant directement à Manon, Musset se fait le porte-parole de Des Grieux et du lecteur.

Sentiments contradictoires et complexes (la haine peut l'emporter sur l'amour quand Manon est insincère) mais intimement mêlés.

zoOm

Première analyse des trois sujets

	Sujet 1	Sujet 2	Sujet 3
1 Forme	citation	question	citation
2 Focus	personnages en marge	plaisirs romanesques	le personnage de Manon
3 Question posée	**relation paradoxale** entre plaisirs romanesques et personnages en marge	**comparaison** entre poids de l'intrigue et personnages pour construire un récit plaisant	**complexité** des sentiments suscités par l'héroïne et les plaisirs romanesques
4 Demande → plan	prendre position sur une thèse → plan dialectique	prendre position entre deux thèses → plan dialectique	expliciter une thèse → plan thématique

24 Chercher des idées, formuler une problématique

Une fois votre sujet de dissertation analysé (fiche 23), il faut rechercher les arguments et exemples qui vont vous permettre de confirmer ou de nuancer votre première lecture du sujet. Muni de ce matériel, vous pourrez formuler votre problématique. Appliquons cette démarche au sujet 3.

I Vérifier l'analyse en cherchant arguments et exemples

Termes du sujet	**Arguments et exemples tirés du roman** *Vous devez rassembler les éléments qui soulignent les points suivants.*
« Tu m'amuses autant que Tiberge m'ennuie »	▸ Tiberge, personnage falot et ennuyeux : condition sociale, discours moralisateur, respect des normes sociales, absence de passion… ▸ goût de Manon pour l'amusement (scènes de comédie, rires, légèreté) ▸ Des Grieux cherche à définir Manon par son goût pour le plaisir ▸ ennui du lecteur (prévisibilité de Tiberge) *et* plaisir du lecteur (imprévisibilité de Manon) ▸ Manon transgresse les règles et relance l'intrigue
« Comme je crois en toi ! »	▸ crédibilité du personnage de Manon malgré le peu d'informations sur elle ▸ arguments pour la sincérité de son amour
« Que je t'aime et te hais ! »	▸ Des Grieux pris entre amour et haine (ex. : première trahison) ▸ rapport du lecteur aux deux personnages et surtout à Manon
« Tu »	▸ Musset s'adresse à Manon comme à une personne réelle ? Il parle à la place de Des Grieux ?

II Formuler une problématique

1 Cheminement de la réflexion

■ La problématique doit mettre en avant le personnage de Manon.

■ Le problème posé par la citation de Musset (en écho à la question douloureuse qui hante Des Grieux) : pourquoi aime-t-on Manon, alors qu'elle suscite des sentiments contradictoires d'amour et de haine ?

■ Une piste de réponse peut se trouver dans l'opposition avec le personnage de Tiberge : prévisible, dans les normes, il n'éveille pas l'intérêt du lecteur ; alors que Manon, avec son comportement hors normes, le suscite.

■ Le lecteur serait donc attiré par la complexité des conduites et des sentiments d'un personnage qui va le surprendre par ses actions, peut-être le révolter, en tous les cas le questionner, donc l'intéresser.

2| Formulation de la problématique

■ Est-ce parce qu'elle envisage les relations amoureuses de manière peu conforme que Manon fait naître des passions fortes et contradictoires, comme l'amour et la haine ?

III Enrichir son analyse

■ Faites appel à vos lectures cursives et à votre culture personnelle.

CONSEIL

Attention, il faut utiliser vos lectures avec à-propos. Vous devez proposer des **références pertinentes**, afin de ne pas faire dévier votre argumentation de son but.

Termes du sujet	Autres exemples/citations
« Tu m'amuses » « Comme je crois en toi ! »	◗ Barry Lyndon, le héros peu recommandable du roman de W. M. Thackeray, *Mémoires de Barry Lyndon* (1844). → **zoom, p. 83** → **Fiche 25, plan II.3**
« ... autant que Tiberge m'ennuie »	◗ Dans *L'Astragale*, Jean, personnage honnête au grand cœur, ennuie profondément Anne. → **Fiche 21** → **Fiche 25, plan I.3**
« Que je t'aime et te hais ! »	◗ « Le désir allant toujours vers ce qui nous est le plus opposé nous force d'aimer ce qui nous fera souffrir. » Proust, *Albertine disparue* (posthume, 1925) → **Fiche 25, plan III.1** ◗ Dans *Autant en emporte le vent* (Margaret Mitchell, 1936), l'héroïne, Scarlet O'Hara, jeune fille capricieuse et charmante, vit une relation tumultueuse, faite d'amour et de haine, avec Rhett Butler. → **Fiche 25, plan III.1**

25 Construire un plan détaillé

Une fois votre liste d'arguments et d'exemples constituée et votre problématique formulée (fiche 24), il faut élaborer un plan détaillé. Continuons d'appliquer cette démarche au sujet 3.

- Un **plan thématique** réorganise les parties de **manière progressive, du plus simple au plus complexe**.
- Pour expliciter la thèse de Musset, on peut montrer que : I. Tiberge est un personnage qui apporte l'ennui. II. À l'inverse, Manon nous amuse. III. Tout l'intérêt du personnage de Manon tient aux sentiments complexes, amour et haine, que son comportement transgressif inspire.

Organisez en trois sous-parties les éléments démontrant que Tiberge est un personnage ennuyeux.

Pour **classer les idées**, complétez la formule **Tiberge est ennuyeux parce que…**

I. L'ennuyeux Tiberge

1. son origine médiocre l'oblige à se retirer du monde

Entre dans les ordres. Sans ambition. Affirme qu'il a « conçu pour le monde un mépris auquel il n'y a rien d'égal ».

2. porteur de la norme sociale, il tient des discours moralisateurs

Représente la vertu et la raison. Son discours didactique et moralisateur insupporte Des Grieux qui donnerait « une partie de [son] sang plutôt que de [s]'exposer à cette scène fâcheuse ».

3. il n'a pas d'histoire propre

Le lecteur n'a accès ni à son intériorité ni à sa vie. De même, le très honnête Jean, dans *L'Astragale*, n'a pas d'histoire propre. → **Fiche 21**

Expliquez pourquoi Manon amuse Musset. Pour **ne pas vous répéter**, il faut trouver arguments et exemples qui construisent des paragraphes aux idées bien distinctes.

Complétez la formule **Manon est associée à l'amusement et au plaisir parce qu'elle…**

II. L'amusante Manon

1. prend la vie avec légèreté

Définie par son « penchant au plaisir » (l'amour, le bal, la vie mondaine). Comme Anne, la narratrice de *L'Astragale*, elle prend la vie comme elle vient.

2. aime le rire et la comédie

Trouve des « ressources contre l'ennui » : crée des scènes de comédie (épisode du prince italien, rôle qu'elle veut faire jouer à Des Grieux).

3. est la garante du plaisir du lecteur

Son goût pour le plaisir transgresse les règles, relance l'intrigue (nombreux ex. à développer). + ex. *Barry Lyndon*. → **zoom, p. 83**

Expliquez que l'amour passion est formé de sentiments mêlés, voire contradictoires, et fait souffrir (*passion* vient du verbe latin *patior*, « je souffre »).

Montrez aussi que Musset, double de Des Grieux, trouve plaisir à cette complexité.

III. La complexité des sentiments, un gage de plaisir

1. « Que je t'aime et que je te hais »

Des Grieux : « Tous mes sentiments n'étaient qu'une alternative perpétuelle de haine et d'amour, d'espérance ou de désespoir, selon l'idée sous laquelle Manon s'offrait à mon esprit. »
Proust, *Albertine disparue* : « Le désir, allant toujours vers ce qui nous est le plus opposé, nous force d'aimer ce qui nous fera souffrir. »

+ ex. *Autant en emporte le vent* → **Fiche 24, III**

2. Malgré tout, croire en Manon

Désirer la « fidélité » du « cœur » => argument en faveur de la sincérité de Manon. Elle est également crédible comme personnage romanesque.

3. Préserver le plaisir romanesque

Le « Ciel » ne permet pas aux amants de « retourner à la vertu » : il réserve à Manon une mort sacrificielle qui évite l'ennui d'un retour à la normale.

LÉGENDE
- citations du roman
- autres exemples ou citations

CONSEIL
Pour **valider votre plan**, assurez-vous qu'il ne comporte pas de répétitions et que vous avez travaillé toutes les pistes ouvertes dans le tableau arguments/exemples.

zoOm

Rédiger sa dissertation

Quatre conseils-clés

- **Introduction :** trouvez la phrase d'accroche. Annoncez la problématique et le plan.
- **En début de paragraphe,** énoncez l'idée (la thèse) que vous allez développer et argumenter.
- **Ménagez des transitions** entre les paragraphes qui ne soient pas toujours des connecteurs d'addition.
- **Dans chaque paragraphe,** appuyez-vous sur des **exemples** précis et diversifiés qui montrent votre connaissance de l'œuvre. Insérez de **courtes citations**.

OBJECTIF BAC

L'épreuve écrite de 1re générale vous offre le choix entre un commentaire de texte littéraire et une dissertation sur une des œuvres que vous avez étudiées. Afin de vous entraîner à ce second exercice, nous vous proposons ici deux sujets de dissertation possibles sur *Manon Lescaut*.

1 Dissertation • Transgression et plaisir du lecteur

« Je ne suis pas étonné que ce roman, dont le héros est un fripon et l'héroïne une catin [...], plaise, parce que toutes les actions du héros [...] ont pour motif l'amour qui est toujours un motif noble, quoique la conduite soit basse. » (Montesquieu, *Pensées*)
Dans quelle mesure cette réflexion de Montesquieu éclaire-t-elle votre lecture du roman de l'abbé Prévost, *Manon Lescaut* ?

Vous répondrez à cette question dans un développement organisé. Votre réflexion prendra appui sur *Manon Lescaut*, sur le travail mené dans le cadre du parcours associé et sur votre culture personnelle.

LES CLÉS POUR RÉUSSIR

Analyser les termes du sujet

- « **fripon** » : fourbe, homme de mauvaise foi, voleur ; « **catin** » : prostituée. Ces deux appellations situent les personnages dans les **marges**.
- « **plaise** » : Montesquieu se place du côté du lecteur, et donc du « **plaisir romanesque** ».
- « **actions du héros** » : le jugement de valeur porte sur le chevalier, rejoignant en cela la présentation de l'abbé Prévost dans son « Avis ».
- « **motif noble**... **conduite basse** » : L'antithèse « noble » / « basse » oppose « motif » et « conduite », dissociant les raisons d'agir et la manière d'agir. Opposition forte qui renvoie à la différence entre tragédie et comédie.

Formuler la problématique

- Le filtre romanesque permettrait-il de prendre plaisir à la lecture d'actions que le lecteur désapprouverait s'il devait les vivre ou en être le témoin ?

Trouver des idées, les organiser

1 La position de Montesquieu

- Montrez que Manon et Des Grieux méritent bien leur qualification de « fripon » et de « catin ».
- Qu'est-ce qui les pousse à se comporter ainsi ?
- Comment leur « motif » l'emporte-t-il sur leur « conduite » ?

2 Des personnages plus complexes qu'il n'y paraît

- En quoi les deux héros se comportent-ils comme des jeunes gens de leur temps ?
- Le romanesque ne l'emporte-t-il pas sur le vraisemblable dans la description de leur caractère et dans le déroulé de leurs aventures ?
- Quel plaisir éprouve le lecteur à lire les aventures de personnages en marge ?

3 Et la visée morale ?

- Qu'est-ce qu'un contre-exemple ?
- L'analyse de Montesquieu fait-elle échec à la visée de l'abbé Prévost ?
- Que retiendra le lecteur : la fin moralisatrice ou le charme mystérieux de Manon ?

2 Dissertation • Plaisir romanesque et caractère des personnages

À votre avis, le plaisir romanesque tient-il à l'intrigue du roman ou au caractère des personnages ?

Vous répondrez à cette question dans un développement organisé. Votre réflexion prendra appui sur *Manon Lescaut*, sur le travail mené dans le cadre du parcours associé et sur votre culture personnelle.

LES CLÉS POUR RÉUSSIR

Analyser les termes du sujet

- « **plaisir romanesque** » : reprise d'un élément de la thématique du parcours
- « **intrigue du roman** » : actions qui font le roman
- « **caractère des personnages** » : tout ce qui construit une personnalité (origine sociale, caractéristiques physiques et morales…)

Formuler la problématique

À quoi tient le plaisir romanesque, et particulièrement dans *Manon Lescaut* ?

Trouver des idées, les organiser

1 L'art du récit

- Montrez que le roman comporte une multiplicité d'aventures.
- Demandez-vous ce que les prolepses apportent au récit.
- Cherchez deux moments non nécessaires au déroulement de l'intrigue, mais qui donnent du piquant à la lecture.

2 Des actions hors normes

- Cherchez, dans votre culture personnelle, des personnages hors normes qui réalisent des actions valeureuses.
- Montrez en quoi les personnages de *Manon Lescaut* sont peu valeureux.
- Demandez-vous si Des Grieux pourrait lasser le lecteur et si oui pourquoi.

3 Le plaisir du lecteur

- Pourquoi le lecteur le suit-il malgré tout dans ses aventures ?
- Qu'est-ce qui fait de Manon un personnage séduisant ?
- Quel est l'intérêt d'avoir un personnage ennuyeux dans un récit comme *Manon Lescaut* ?

CORRIGÉS

OBJECTIF BAC

1 Dissertation • Transgression et plaisir du lecteur

Introduction

[amorce] Comment apprécier un roman dont les personnages se conduisent mal ? **[analyse du sujet]** Montesquieu, lecteur de *Manon Lescaut,* prend acte de ce paradoxe sans s'« étonn[er] que ce roman, dont le héros est un fripon et l'héroïne une catin [...] plaise, parce que toutes les actions du héros [...] ont pour motif l'amour qui est toujours un motif noble, quoique la conduite soit basse ». Il justifie ainsi les filouteries et crimes du chevalier, position bien peu morale pour l'auteur de *L'Esprit des lois*. Mais Montesquieu parle d'un roman et non de la vie elle-même : ce qui serait inexcusable dans la vie, quel qu'en soit le motif, serait excusable dans la fiction. **[problématique]** Le filtre romanesque permettrait-il de prendre plaisir à la lecture d'actions que le lecteur désapprouverait s'il devait les vivre ou en être le témoin dans la vie réelle ? **[annonce du plan]** Certes le chevalier est un « fripon » et Manon se comporte comme une « catin », cependant cette analyse est un peu caricaturale : les personnages sont plus complexes qu'il n'y paraît. C'est pourquoi la lecture plaisir l'emporte sur la lecture morale, contrairement à la visée annoncée par Prévost.

I. La position de Montesquieu

1. Un fripon et une catin

Des Grieux qualifie de « friponnerie » le tour joué à M. de G… M… ainsi que l'argent acquis au jeu. Le terme est faible pour qualifier quelqu'un qui tue, séquestre, s'évade de prison, vit de l'argent des amants de sa maîtresse. Quant à Manon, définie dès le début du récit par « son penchant au plaisir », elle n'hésite pas à s'enfuir avec Des Grieux, l'abandonner pour un homme plus riche, se vendre à l'instigation de son frère qui pense qu'une « fille comme elle devrait nous entretenir, vous, elle et moi ».

2. L'argent comme nécessité

Pour l'aristocratie, les préoccupations d'argent sont basses : Des Grieux trouve déshonorant de travailler pour un salaire. Pourtant, en rupture avec sa famille, il faut trouver de quoi vivre ; l'argent devient une préoccupation constante. On compte sans cesse dans *Manon Lescaut*. « Il est vrai qu'il m'a baisé plus d'un million de fois les mains ; il est juste qu'il paye ce plaisir », dit Manon, évaluant le prix de chaque baiser proportionnellement à l'âge et aux biens de M. de G… M…

> **CONSEIL**
> Pour **passer d'un paragraphe à un autre**, évitez d'accumuler les connecteurs logiques. Une reprise lexicale ou par le sens est moins lourde et plus efficace.

3. L'amour comme motif

Si le manque d'argent est la cause des friponneries, l'amour en est le but, le « motif ». Dès que l'argent commence à manquer, le chevalier s'effraie : « Elle aimait trop l'abondance et les plaisirs pour me les sacrifier : Je la perdrai ! m'écriai-je. » La situation est la suivante : Des Grieux est passionnément épris d'une fille de basse condition, qui aime les plaisirs qu'une femme de haute condition pourrait s'offrir ; mais puisqu'elle est de basse condition, il ne peut pas l'épouser. Pour la suivre, il se met en marge de sa famille, se retrouve dans la misère et tous deux sont conduits à des actions basses pour vivre leur amour.

[transition] Le portrait des deux héros en fripon et en catin est peu réjouissant, et le motif de l'amour ne suffit pas à les rendre aimables. Ils doivent avoir d'autres qualités pour que le lecteur les suive dans leurs aventures.

II. Des personnages complexes

1. Des jeunes gens de leur temps

Ils appartiennent à cette première moitié du XVIIIe siècle qui retrouve le goût des fêtes et des plaisirs. Comme le remarque Des Grieux, « Manon était passionnée pour le plaisir » : ce n'est pas l'argent qu'elle aime mais les plaisirs qu'il procure. Des Grieux est un jeune aristocrate comme un autre, il suffit de lire le portrait qu'il dresse de M. de T… : « Je m'imagine […] que M. de T… le fils, qui est riche et de bonne famille, est dans un certain goût de plaisirs, comme la plupart des jeunes gens de son âge. » M. de T… ne diffère de Des Grieux que par sa richesse.

2. Des personnages de roman romanesque

Le lecteur du XVIIIe siècle se reconnaît donc aisément dans ce monde où, selon M. de G… M…, « les jeunes gens se laissent aller facilement à la débauche ». Mais si le roman de Prévost se lit avec plaisir, c'est surtout parce qu'il est romanesque. Est-il crédible de faire la même erreur plusieurs fois ou de rejouer au fils le tour joué au père dans le cas des G… M… ? Qu'importe, ce qui plaît, c'est l'inventivité des personnages et parfois leur drôlerie : ainsi de la situation envisagée, digne d'une comédie, du jeune amant vivant avec sa maîtresse au nez et à la barbe du vieillard qui les entretient.

3. L'affection des lecteurs pour les hors-la-loi

Ce qui plaît au lecteur, c'est aussi de croiser des personnages qui défient les lois et codes transmis par la génération des pères. L'amour que porte le jeune Des Grieux à la « si charmante » Manon est un affront au père du chevalier. Si Manon semble « étrange », comme le répète le chevalier, c'est qu'elle fait usage de sa liberté. Plus tard, un personnage comme Anne, la narratrice de *L'Astragale* d'Albertine Sarrazin, fait de même : elle s'enfuit, loin de sa famille, pour vivre pleinement sa liberté en transgressant les codes de l'éducation bourgeoise qu'elle a reçue.

[transition] Cependant, ne fait-on pas une mauvaise lecture du roman, si on le trouve plaisant malgré les exactions des personnages ?

III. Que devient la visée de l'abbé Prévost ?

1. Des Grieux, un contre-exemple

Dans l'« Avis de l'auteur des *Mémoires d'un homme de qualité* », Prévost explicite son intention : instruire et amuser. Il définit son ouvrage comme « un traité de morale, réduit agréablement en exercice ». Dans la vie, on est censé apprendre par l'expérience, et la lecture de *Manon Lescaut* suppléerait cette expérience qui manquerait au lecteur. Voilà comme il ne faut pas se conduire, nous dit en quelque sorte le roman.

2. L'échec de la visée didactique ?

Certes, personne n'a envie de se faire berner, de courir de catastrophe en catastrophe, de prendre toujours les mauvaises décisions comme Des Grieux, mais Montesquieu nous affirme que le plaisir de la lecture passe avant la stupéfaction devant les faits. Devrions-nous alors mettre en doute la visée didactique de Prévost qui termine ainsi son « Avis » : « Si la réflexion que je viens de faire est solide, elle me justifie ; si elle est fausse, mon erreur sera mon excuse » ? Serait-ce une précaution oratoire pour prévenir les accusations de libertinage qui pourraient lui être adressées ?

3. Des Grieux ou Manon ?

La réponse est peut-être là : qui, de Manon ou de Des Grieux, est le personnage central ? Pour Montesquieu et Prévost, c'est Des Grieux qu'il faut juger. Tout le long du roman, on suit le chevalier, on écoute ses doutes, on s'étonne de ses faiblesses. Mais que sait-on de Manon ? Elle reste mystérieuse. Sa simplicité, contrairement aux éternels cas de conscience de Des Grieux, charme le lecteur. Aussi mystérieuse que l'amour dont elle est souvent présentée comme l'allégorie, elle affirme sa présence tout le long du récit et elle nous charme. Le roman se prête à deux lectures selon que l'on fait de Des Grieux ou de Manon le personnage central : une lecture libertine (Manon) et une lecture morale (Des Grieux).

Conclusion

[synthèse] Il est certain que Des Grieux et Manon ne sont pas des exemples à suivre, que le motif de leurs actions soit l'amour ou non. Pourtant, on lit avec plaisir les aventures romanesques de deux jeunes gens pleins de vie, en rupture avec les conventions rigides de la génération précédente.**[ouverture]** C'est bien au « plaisir d'une lecture agréable » à laquelle l'abbé Prévost convie son lecteur ; et il faut avouer que ce plaisir l'emporte sur la visée morale.

> **CONSEIL**
> N'ouvrez pas systématiquement votre conclusion sur vos lectures cursives, cela peut sembler artificiel.

2 Dissertation • Plaisir romanesque et caractère des personnages

Introduction

[amorce] En littérature, une intrigue désigne la succession d'actions menées par les personnages et qui forme la trame d'un récit. **[analyse du sujet]** Il est donc étrange de se demander si le plaisir romanesque tient plutôt à l'intrigue ou plutôt au caractère des personnages. En effet, comment dissocier intrigue et personnages, puisque ce sont les personnages (leurs actions, leurs motivations, leurs valeurs) qui créent la trame romanesque ? Néanmoins, dans le cas du roman de l'abbé Prévost, la question peut se poser puisqu'il s'agit d'un roman d'amour et d'aventures dont les héros sont peu recommandables. **[problématique]** À quoi tient alors le plaisir romanesque, et particulièrement dans *Manon Lescaut* ? **[annonce du plan]** Il peut tenir au rythme d'un récit qui entraîne le lecteur dans des aventures toujours renouvelées. Il pourrait tenir à la valeur des actions des personnages. Il pourrait tenir à la curiosité du lecteur face à des personnages qui n'agissent pas comme le bon sens et la morale le voudraient.

I. *Manon Lescaut,* un récit qui sait retenir l'attention du lecteur

1. Une multiplicité d'aventures

Deux évasions, deux fuites, deux assassinats, des vœux brisés, un père bafoué, une déportation, la ligue des joueurs, des vols, des trahisons, la fortune et la misère, et le tout pour une histoire d'amour entre deux jeunes gens qui fuient la vie rangée qui les attendait. C'est un vrai roman d'aventures que ce roman qui nous entraîne, en peu d'années, d'Amiens à Paris, nous fait traverser les mers, découvrir la Louisiane et passer brusquement de la vie parisienne à la vie frugale de la colonie.

> **CITATION**
> « C'est un grand cri du cœur, ce livre ; la composition en est fort habile ; quel ton d'excellente compagnie ! »
> Flaubert, *Correspondance*, 6 sept. 1853).

2. L'art de la prolepse

L'art du romancier est de retenir le lecteur et de susciter son intérêt. On pense souvent que, si l'on connaît la fin d'un roman, il n'y a plus de raison de le lire. Or, c'est tout le contraire dans *Manon Lescaut.* L'issue funeste du récit de Des Grieux est donnée dès le début ; pourtant le lecteur, représenté par Renoncour, est « plein d'impatience d'apprendre le détail de son infortune et les circonstances de son voyage d'Amérique ». Cette utilisation de la prolepse au seuil du récit est renouvelée presque à chaque nouvelle péripétie, comme pour donner envie au lecteur d'en savoir plus.

3. Des obstacles imprévus

Un autre moyen de retenir le lecteur est l'invention d'obstacles de dernière minute, ou de scènes qui le divertissent sans empiéter sur l'action. On en a deux exemples dans *Manon Lescaut*. Dans le premier, le chevalier, pour faire évader Manon, lui apporte des vêtements d'homme « excepté la culotte qu['il avait] malheureusement oubliée » : l'auteur intensifie la pression (l'évasion va-t-elle échouer ?) et le comique (le chevalier repart sans culotte). Dans le second, la jalousie du chevalier nous fait croire que quelque chose va se nouer entre Manon et le prince italien : l'auteur se joue de nos attentes et nous surprend.

[transition] Prévost maîtrise à merveille l'art du récit, mais est-ce que cela suffit à assurer le succès du roman et le plaisir du lecteur ?

II. Des actions hors normes

1. Des actions hors normes de personnages valeureux

Le récit d'aventures narre souvent les exploits extraordinaires de héros valeureux en lutte avec le pouvoir. D'Artagnan et ses amis mousquetaires, personnages des célèbres romans d'Alexandre Dumas, ont un ennemi de taille, le cardinal de Richelieu, ministre tout-puissant de Louis XIII. Empreints d'un idéal chevaleresque, ils agissent pour sauver la reine du piège tendu par Richelieu. Ils sont extraordinaires par leur valeur au combat, leur amitié, la force de caractère et la noblesse des sentiments. Ils emportent l'adhésion du lecteur.

2. Les actions hors normes de personnages peu valeureux

Au contraire, si Manon et Des Grieux sont en butte au pouvoir et se mettent en marge de la société, ce n'est pas pour défendre de grands idéaux. Leur but est strictement individuel : amour et plaisirs. Sur le plan des idées, Tiberge accuse Des Grieux de libertinage pour sa conception matérialiste du bonheur, mais le chevalier ne remet pas en question la religion. Manon et Des Grieux sont donc en marge par défaut, l'un parce qu'il ne peut réprimer sa passion pour Manon, l'autre parce qu'elle ne peut réprimer sa passion pour le plaisir. Aucune idée noble à défendre ici.

3. « Un jeune aveugle, qui refuse d'être heureux »

De plus, le lecteur pourrait se lasser de voir le chevalier tomber dans les mêmes travers sans rien apprendre de ses mésaventures. En effet, le chevalier sait, quand il raconte son histoire, que l'issue en sera mauvaise et, tout en la racontant, il déplore la voie qu'il a choisie. Le lecteur peut ressentir un certain agacement et se demander pourquoi se précipiter avec une telle obstination dans des malheurs aussi prévisibles.

[transition] Et pourtant *Manon Lescaut* plaît. L'intrigue l'emporterait-elle sur la valeur des personnages ?

III. Des personnages complexes *versus* des personnages trop simples

1. Un héros divisé

Si *Manon Lescaut* plaît c'est que, contrairement aux héros de Dumas, les personnages sont complexes. Des Grieux est « un mélange de vertus et de vices, un contraste perpétuel de bons sentiments et d'actions mauvaises », écrit Prévost dans son « Avis ». De cette alliance entre naïveté et rouerie naît un sentiment du tragique qui permet de dépasser l'aspect sordide des actions. En effet, Des Grieux est divisé entre ses valeurs et sa vie déshonorante. Sa passion agit comme une fatalité qui s'abat sur lui. Comme le héros tragique, plus il essaye d'échapper à son destin, plus il s'y enferre. C'est ainsi qu'en Louisiane son désir de mariage provoque la mort de Manon.

2. Une héroïne d'un naturel désarmant

Manon est-elle sincère dans son amour pour Des Grieux ? Le lecteur se pose les mêmes questions que celles qui obsèdent Des Grieux. « J'ai toujours été persuadé qu'elle était sincère », dit Des Grieux dans la seconde partie du récit ; « elle est légère et imprudente, mais elle est droite et sincère », affirme-t-il après une des infidélités de Manon. Elle n'éprouve aucun sentiment de honte et raconte sans détour le détail de ses rencontres avec d'autres hommes. Sa manière de passer outre les valeurs morales est réjouissante.

3. Le commun ennuie

Le lecteur pourrait-il s'attacher à des personnages comme Tiberge ou Charles Bovary ? Dans *Manon Lescaut*, dans *Madame Bovary*, dans *L'Astragale*, se crée un contraste entre les personnages. On peut penser que, si Tiberge est ennuyeux, comme l'écrit Musset, si Charles Bovary est un homme médiocre et sans ambition, si Jean est plein de bonté, c'est pour mieux faire ressortir le caractère exceptionnel de personnages qui ne respectent pas les règles, mais avec lesquels ne s'ennuient ni leur partenaire (Des Grieux, Anne) ni leur lecteur. Quant à Emma Bovary, elle ira chercher ailleurs de quoi combattre l'ennui.

Conclusion

[synthèse] Un récit vif, des personnages qui ont perdu honneur et vertu et enfreignent la loi, mais qui vivent dans une sorte de tragédie-comédie alerte : Prévost a su trouver la forme romanesque qui met en valeur ses personnages. **[ouverture]** Les personnages de *Manon Lescaut* ne sont ni tout à fait bons ni tout à fait mauvais, c'est pourquoi le lecteur s'y attache et prend plaisir à suivre le tourbillon de leurs aventures, même si elles transgressent la morale.

CITATION

Les personnages de tragédie : « Il faut donc qu'ils aient [...] une vertu capable de faiblesse, et qu'ils tombent dans le malheur par quelque faute qui les fasse plaindre sans les faire détester. »
Racine, préface d'*Andromaque* (1667).

Table des illustrations

2	- h	ph©	Josse / Bridgeman Images
2	- m	ph©	Bridgeman Images
2	- b	ph©	RMN-Grand Palais / Agence Bulloz
3	- m	coll.	Christophel © 1975 Peregrine / Hawk Films
5		ph©	Bridgeman Images
11		ph©	Josse / Bridgeman Images
13		ph©	MEPL / Bridgeman Images
17		ph©	Josse / Bridgeman Images
18		coll.	Archives Hatier
21		ph©	Josse / Bridgeman Images
23		ph©	Bridgeman Images
27		coll.	Christophel © 1988 Lorimar Film Entertainment / NFH Productions / Warner Bros / Etienne George
31		ph©	Musée Jacquemart-André Fontaine-Chaalis / Aurimages
41		ph©	RMN-Grand Palais / Agence Bulloz
79		coll.	Christophel © 1975 Peregrine / Hawk Films
81		coll.	Christophel © 1991 MK2 Productions / CED Productions
83		coll.	Christophel © 1975 Peregrine / Hawk Films
88		©	2019 collection Classiques & Cie Lycée / Hatier
89	- h	©	1972 collection Folio (n° 2), Gallimard
89	- b	©	2011 Points

PAPIER À BASE DE FIBRES CERTIFIÉES

Hatier s'engage pour l'environnement en réduisant l'empreinte carbone de ses livres. Celle de cet exemplaire est de : 400 g éq. CO_2 Rendez-vous sur www.hatier-durable.fr

Achevé d'imprimer en Espagne par Grafo à Basauri - Dépôt légal: 08634-0/01 - Mai 2022